妈妈流年
家乡味道

曾高飞/著

作家出版社

《每个人的故乡,都在流浪》姊妹篇

让每个砥砺前行

努力逐梦的人

在漂泊的旅途中

都有家乡可以怀念

目 录

序：穷人家的孩子，你懂？　　…001
自序：记住乡愁，把感动留下　　…007

第一辑　那年那风味

刁子鱼　　…003
油豆腐　　…010
腊　肉　　…018
猪血丸子　　…026
红薯粉条　　…032
油　渣　　…040
糍　粑　　…045
雷公菌　　…051
凉　粉　　…057
爆米花　　…062
咸　蛋　　…068

粽　子	…074
月　饼	…081

第二辑　那年那动物

与我同龄的儿时宠物灰鸡婆	…091
生产队的那群鸭	…099
那三只鹅	…107
那年那狗	…112
那年那猪	…119
那年那牛	…126
那年那窝荷兰猪	…133
捉泥鳅	…139
钓黄鳝	…146
摸螺蛳	…151
抓螃蟹	…158
蛇	…165

第三辑　那风情那人

野　炊	…173
尝　鲜	…179

偷　人	… 186
露天电影	… 193
纸包糖	… 200
单　车	… 206
钢　笔	… 213
电视机	… 220
斗　鸡	… 227
偷　书	… 232
偷　桃	… 239
偷西瓜	… 246
外　婆	… 252
很想为奶奶立块碑	… 258
花儿是那样红	… 262
遗落在乡村的天才兄弟	… 267
那位英才早逝的兄弟	… 273

序：穷人家的孩子，你懂？

钟友循

他来自社会底层，是穷人家的孩子。是的，没错。

在权贵高冷、富豪肆意、伪士泛滥、戏子走红的时代，他身陷无情的围城中，却在叱咤财经风云的忙碌之际，挤出空隙，重新捡回文学之笔，从从容容地抒一点情。

为什么？

你不懂，我懂。

我曾经长久地怀揣一个梦想：生在农家，长在田野，与父老乡亲们日出而作，日落而息；与兄弟姐妹们青梅竹马，忘情嬉戏。然后，长大了，好男儿志在四方，离乡背井，奔跑逐梦。壮志既酬，登高望远，意气轩昂，浮想联翩。当此之际，回忆像开闸之水，浩浩荡荡，一泻汪洋……

那必是壮丽有余、回肠荡气的美好心旌，惬意自在、衣锦荣归的人生，说不完、道不尽的诗情画意……

不用说，这是我的幼稚与浅薄了。

我很羡慕高飞，很佩服高飞，有那么"好"的出身：生在贫穷的农家；那么"好"的经历：吃尽辗转之苦累；那么早熟的聪慧：凡事一触即通；那么丰沛的精力：永远不知疲惫——我曾经屡屡在朋友圈公开提醒、劝诫他劳逸结合，他都一一表示感谢。然而，你看看他的成果，不仅质高，而且量大。我是真的担心他累垮了。

然而，至少到目前为止，他依然是雄赳赳、气昂昂奔跑在路上，尽管他永远看上去那么谦恭。

他是穷人家的孩子，我特别高兴；他经历过那么多坎坷，我特别高兴；他接受了我的劝说，我特别高兴；他始终是那么勤勉，一以贯之，我特别高兴。

否则，他没有今天。虽然不是也不准备做什么大咖，却用实打实的业绩，证明了自己。

证明了自己的什么？

穷人家的孩子有大出息！

这也是我永远的信念，别看如今似乎是权贵、富豪、伪士、戏子的天下。

这是一本小小的散文集。确实小。小文章，小事体，小情怀，小风景。谈吃。谈玩。谈人——都是身边的小人物。

都谈了什么？

我说我佩服他，此亦一例。

你看他，儿时的生活细事，时隔那么多年呢，竟还从从容容地，如数家珍。

确是家珍啊！

吃什么都津津有味。不但会吃，还会做。什么都会，还念念不忘。

能忘吗？玩什么都趣味无穷。哪怕是偷东西。是真的偷啊，还津津乐道。

能不乐吗？

总是记得亲友和玩伴。他们的辛劳和不幸。

那些永远不起眼的小人物，就是这样的：累一辈子，苦一辈子，默默无闻，默默无言，默默地生，默默地活，默默地做，默默地死。

你看奶奶，后人想给她立一块碑，都未能如愿。

就像李顺大造屋。

李顺大是谁？知道的，也许都忘了。不知道的，不想知道。但四十年前，可没人不知道。他那造屋的故事，亿万人唏嘘。

然而，高飞没忘。我知道，他怎么可能忘?！他的父亲就是李顺大……

我的乡野之梦，是把乡村当作伊甸园，可高飞不是。

他从未见过伊甸园，他只知道一样东西：家园。

这家园是如此破旧！如此清贫！如此寒酸！如此弱不禁风！

他怎能忘记?! 尽管也有忘记了的，而且远非小数字。

周作人也谈吃，林语堂也谈吃，梁实秋也谈吃，你都读过吗？

那么，你试比较一下。

曾高飞谈吃，跟他们一样吗？

当然不。什么人说什么话。

高飞，是穷人家的孩子，而且没有变，也永远不会变。我相信，因此我高兴。

高飞记得，我曾嘱咐他，像鲁迅那样。

但他说，他达不到，但愿努力。我说，高飞，努力就好；你现在，已经有一点像了。

是吗？你说。

是吗？人说。

是。

还有一个谈吃的。就目前，你当然还远不及他，但有点像了，他叫汪曾祺。

他说，他是一个抒情的人道主义者。他说，他的小说写作，是在谈生活。他说，他写作的宗旨，是人间送小温。他说，他崇敬鲁迅，但他不是鲁迅。他写小人物，小事体，小情怀，小风景。而且，写小文章。他谈吃，谈得从从容容，细致细腻，津津有味，偶尔还眉飞色舞。

他究竟在谈什么？

谈活着的不容易，人生的不容易。

因为不容易，所以要在生活的缝隙里，挣扎出来。要从中寻找一点点快乐，而且要把它放大。

放大，不是夸大。是细致地咀嚼，品味，然后得享受时且享受。

穷人嘛，弱者嘛，还能怎样？就像卖火柴的小女孩一样，划一根火柴，造一点小温，寒风呼啸之时，饥肠辘辘之时，自濡以沫，相濡以沫。

像鲁迅那样。而不是做一个鲁迅，因为那是不可能的。

怎么个像法？

先生说："无穷的远方，无数的人们，都和我有关。""横眉冷对千夫指，俯首甘为孺子牛。""寄意寒星荃不察，我以我血荐轩辕。"

任何时候，无论你在哪里，身居何位，境况如何，都不要忘记，你是穷人家的孩子！

任何时候，无论你在哪里，身居何位，境况如何，都不要忘记，那些穷人家的孩子！

在无情的时代，抒一点情。很好。我懂。所以，我喜欢这样的小文章、小事体、小情怀、小风景。

不要怕有人不懂——文章不为他们做。

高飞，人生不易，做个真人，留颗真心，有份真爱，此嘱！

自序：记住乡愁，把感动留下

再忙碌的生活，再淡薄的人情，再世故的思维，都没法改变这样一个事实：在你我的心灵深处，总有一个地方，总有一段时光，总有一些人，让我们在夜深人静的时候想起，给我们温暖，给我们陪伴，让我们放下戒备，摘下面具，真诚以对。

对离乡背井、漂泊在外的我来说，这些就是家乡，这些就是家乡的味道。

转眼就是人到中年，离开家乡已经二三十年了。当初背起行囊离家的时候，我还是一个意气风发、踌躇满志的青涩少年；现在已经是两鬓秋霜、隐约秃顶的油腻大叔了。随着年龄增长，离开家乡的距离，是越来越远了，先是从村庄到县城，然后从县城到省城，再南下广州深圳，最后是北漂，在首都定居下来。这些年的漂泊让我明白了一个道理：乡愁与空间和时间的距离是成正比的，离家越远，情感越浓；离家越久，情感越深。

处在一个伟大时代，人类对世界的改造能力前所未有。我的家乡也发生了翻天覆地的变化，与记忆中完全不一样了，成了一个陌生的存在。当年的山川河流，道路桥梁，稻田、池塘、房屋早就不是印象中的面貌，甚至不复存在了。当年的亲人、熟人，老的老，死的死，就连流着清鼻涕一块儿长大的童年伙伴，也成了油腻大叔或者徐娘大妈，早就没了记忆中或愣头或清纯的模样。那片土地孕育出来的新生命，他认不得我，我也认不得他了。已经物非人非的家乡，是彻底回不去了，既回不去当年的风景，也回不到当年的时光。

越是回不去，就越想回去。我是回家最勤快的人。每年春节都要拖儿携女往家乡跑，让成长中的后辈感受乡下的年味——年味是家乡留下来的最有当年味道的项目了；即使是平时一个人，一年也要回家跑几趟，去寻觅家乡留在记忆中的蛛丝马迹。庆幸的是，父母双亲健在，当年最要好的童年伙伴正当壮年，与他们一起，炒几个小菜，温一壶米酒，边吃喝边忆苦思甜，仿佛一切又回来了。对那段艰难困苦的时光，大家的感觉都是一样。忆苦思甜是一个永远的话题，拨动着我们的心弦。

感谢这一生选择了以文字谋生，尽管物质清贫，精神却很富有。对家乡和过去的岁月，不仅仅是回忆，还可以用文章，将回不去的故乡和时光记下，让时光倒流，让自己穿越，就像抢救文物，借此还原一个已经陌生了的环境，一个已经陌生了的时代，一些已经陌生了的画面，却是一份永远不陌生的情怀。

很多人觉得写作很苦很累，只要能找到新的门路，就放弃了。对我来说，却是一种创造的快乐过程和幸福的体验享受，尤其是在写作这些乡土散文的时候，仿佛又是一个童年、少年的自己在那个环境里重新来过。伏案写作中，听得到当年的风声从耳边刮过，闻得到当年的饭菜清香从鼻畔拂过，看得到当年的明月白晃晃地照在窗前；风声中，还有母亲年轻时的呼唤隐约传来；那些抓过的鱼，捕过的青蛙，摸过的螺，钓过的黄鳝，就像钱塘江的潮水一样汹涌而来，浮现眼前。

也许，记忆中的家乡和那段成长的时光，我们是回不去了；但情感上，我们却也走不出来，甚至从来就没有离开过。很多有共同成长经历和感受的朋友，在读完文章后，留言、打电话、发微信，说写得很好，很有味道，看得眼泪都来了，与之相关的各种命题作文也纷至沓来。看来，对家乡的惦记，对过往时光的怀念，并非我一个人。

不管见没见过，认不认识，网友粉丝的命题作文，我一般都会写，除非那景我没见过，那事我没做过，那情我没经历过。从这个意义上讲，这系列乡土散文，并非我一个人的创作，而是集体智慧和血汗的结晶。那些熟悉的、陌生的朋友，在此笼统且真心地谢过了。

有一个同在北京逐梦的老乡评价我的乡土散文说，我的文章让他"看得见山，望得见水，记得住乡愁"。

这么高的评价让我心有窃喜，也惴惴不安。若真如此，吾心足矣。所有缺眠少觉和身体的不适，都无足轻重，不值一提了。

因为我把岁月的感动留下，与他们一起重温了或浅或深，或淡或浓的美味乡愁。

第一辑　那年那风味

刁子鱼

突如其来的可怕疫情,让我不得不打乱既定计划,匆匆结束在湖南乡下陪父母过年的行程,告别亲友,大年初三那天狼狈地返回北京。

回到北京,遵照单位和专家建议,宅居在家,自我隔离十四天。由于上了年纪,勤勉成了习惯,平时半天在家伏案写作;半天在外东奔西跑,拜见各色人等,所以,这次违背生活习惯的隔离宅居,就索然寡味,就像这个年一样——这个年,是我四十多岁人生中,过得最没年味的一个了。

足不出户,打发日子,最好的方式,就是回忆回味过年的各种习俗和美味了——当然,最好能够诉诸文字,与人共赏。写作这篇文章的时候正是自我隔离的第十二天,也是传统元宵佳节。元宵节在中国被重视的程度仅次于除夕。元宵节一过，就意味着年味散尽，要收心收性，开始新一年的逐梦，在新的征程上撒腿奔跑。

往年，即使元宵节过了，年味仍在继续，今年是什么都没有——疫情让意犹未尽的年味，提前画上了休止符。那些让年味散发，并继续嚣张的，就是从乡下带回来的各种各样的特色花样小吃，尤其是湖南乡下的五花八门的腊味——往年返京，是大包小包，里面塞满了各种各样的腊味。回到北京，拾掇一下，放进冰箱，想吃就做，要持续半年时间。今年除了带了上百个自家的土鸡蛋，其他什么都没有。

与年迈的父母在村口告别，凛冽的晨风扬起母亲的满头白发。她愧疚地说：今年腊鱼腊肉还没好，你们平安到达后，疫情好转了，给你们寄过去。

返京十多天了，母亲的话一直萦绕在耳边——不是盼疫情好转后，母亲给我做腊味寄腊味，而是她的话，就像吃腊味那样，那种特别的腊味熏香始终笼罩着我的嗅觉和味觉，久久不肯消散。这大概就是所谓"唇齿留香"的最好解释了。后来由于疫情防控，镇上快递也不营业了，母亲给我寄腊味的愿望也落了空。

喜欢创新尝试、贪图美味的湖南人，爱做各种各样的腊味，腊肉、腊肠和腊鱼是主要的腊味，也是腊味中不可或缺的。

我喜欢吃腊肉、腊肠，腊鱼则是最爱。

腊肉以腊猪肉为主，腊肠以腊猪肠为主，比较单一；腊鱼却种类丰富，形形色色，以草鱼和刁子鱼为主。草鱼块头大，肉质肥厚松软；刁子鱼肉紧，有韧劲，有嚼头。在我看来，腊刁子鱼不仅是腊鱼味美之最，也是所有腊肉中的美味之最。

做腊鱼，工序复杂，需要时间。往往年前准备——年前，附近的池塘干了，水库干了，集市上摆放着很多用于买卖的鱼类。腊鱼从去内脏到腌制成功，少则需要十天八天，多则在半个月以上。

往年是初七八离家返京，不急不慢，正好可以带上。今年是初三就走了，而且是临时决定的，母亲一点儿准备都没有——家里的腊味还在腌制之中，都没搬上柴火灶，吊在灶上方开始熏烤。

想吃而没有吃到，才更让人怀念，就像那段刻骨铭心的初恋，有情人没有终成眷属，才让人感觉那么美，一直把她供在心灵深处某个神圣的角落，不愿意轻易触碰。

刁子鱼是土语，学名叫翘嘴鲌。在我们那儿，还有一个比刁子鱼更土的名字，钻脚鲢。这种鱼，身材匀称修长，脑袋较小，嘴巴微微翘起，十分性感，是鱼类中的美人鱼。这种外形加上鱼类属性，应该就是其学名的由来了。至于为什么叫刁子鱼，我至今想不明白，是不是这种鱼与刁钻的性情有某种联系？

刁子鱼，性子急，胆子小，行动迅捷。它有一个显著特点，就是遇到动静，喜欢东奔西逃，东躲西藏，就像小时候，我们做错了事，逃避责罚一样。十多岁的时候，夏天了，我们常在村东头的池塘里洗澡，小伙伴们使劲一闹腾，刁子鱼就慌不择路了。把池塘翻江倒海地搅上一阵后，只要你站在水里不动，两只脚踩进泥巴中，刁子鱼就会急急忙忙地游过来，钻进你脚指间的泥巴里，以为找到了十分安全的避风港。我们憋住气，弯下腰去，潜进水里，顺手一抓，刁子鱼就落在手里了，活蹦乱跳，身子甩个不停，竭尽全力想摆脱控制。所以，我们乡下喜欢把它叫作钻脚鲢——刁子鱼的身形与鲢鱼有点像，都是扁平状。利用刁子鱼这种傻傻不改的习性，每次洗澡，个个小伙伴都要捉上十多条刁子鱼，满载而归。用稻草从刁子鱼鳃间穿过，嘴里出来，鱼叠鱼，形成长长的一串。夕阳西下，晚霞满天。爬上岸，拎着那串长长的刁子鱼回家，甭提多风光了，晚上辣椒煮鱼的美味就有了。哪怕做错了事，都可能将功补过，免了父母的责罚。村头那口池塘到年底干塘了是没有刁子鱼的影子的，那塘刁子鱼在夏天的时候就被我们捉光了，吃光了。

新鲜的刁子鱼在鱼米之乡的江南，算不上美味的鱼类，味道比普通的草鱼、鲫鱼、鳙鱼都要差。可将刁子鱼做成腊鱼，那就破茧成蝶，味道完全不一样了。在种类繁多的鱼类中，只有爱运动的刁子鱼，做成了腊味，鱼肉是粗纤维状的，在头或尾部找个地方，用手上下一撕，细细长长的肉，可以一撕到底，肉里没有一根鱼刺。这是任何其他腊鱼都不具备的，这就是腊刁子鱼独特和美味的地方了。

春夏，食量很好的刁子鱼长势很快，但长到一定规模，就很难再长了。一年的刁子鱼，有二指宽，手掌长。两年的能长到三指宽，很少见到四指宽的刁子鱼——这么宽，估计得长四五年。三四指宽的刁子鱼，是做腊鱼的极品，相当难找，比较罕见，一般都是二指宽。当然，做腊味，刁子鱼是越大越好。常用的，也就是一年的刁子鱼，也就二指宽——北京地道湘菜馆里的腊刁子鱼往往很小，不到二指宽——鱼小了，刺就多了，很影响味道。

做腊刁子鱼前要去内脏，刁子鱼的内脏很简单，就是一根直肠和一个小小的鱼胆。在腮鳍下那块白白的鱼腹处，用指甲轻轻一掐，就裂开了一道口子——那个地方很嫩，用手往上一挤，内脏就出来了。擦上盐，喷点高浓度米酒，腌制一个晚上，就可以将刁子鱼像列兵一样整齐地摆在铁丝织成的搭子上，放在柴火灶上熏烘了。

在熏制过程中，要时不时地帮助刁子鱼翻身，以保持熏制更均匀。十天八天下来，腊刁子鱼就好了。熏得好，刁子鱼通体金黄；熏得稍差，略带黑色。熏好的刁子鱼，可以直接解馋，用手撕肉了。小时候，趁父母不注意，偷偷抓一两条，塞进口袋里，找一个别人不易看到的角落，用脏兮兮的手,撕着一根根细长的腊鱼肉丝,开始贪婪地咀嚼。

现在有些地方,做腊刁子鱼,喜欢掐头去尾,只留下那段匀称的肉身。这种做法,城里的食客喜欢,但我不喜欢——我更喜欢那种有头有尾的腊刁子鱼。有头有尾,味道才是完整的,也有一种美好的寓意在其中。被别人所不屑的鱼脑袋,虽然小,没有肉,骨头多,刺多,但嚼起来,那种味道是鱼肉所不能替代的。不管别人如何,我吃腊味刁子鱼是连鱼脑袋都嚼碎了,连骨头都不吐的。

在中国文化中,过年讲究吉祥。一条完整的刁子鱼,寓意更有中国特色,意味着年年有余,讨个喜嘴,求个吉利。掐头去尾后,这种文化味就荡然无存了。

腊刁子鱼的做法很简单,是怎么做怎么好吃。我最喜欢的做法,就是用剁辣椒,放进饭锅里蒸。剁辣椒,尤其是湖南乡下那种自己腌制的,放了豆豉的剁辣椒。这种做法,腊味有了,辣味也有了——这两种味道,都是湘味特色,也是湘味之最,互相渗透融合,相得益彰,让人胃口大开,食欲大振。

元宵节那晚,有同在北京的朋友打电话过来问候。快要结束时,朋友欲言又止。在我询问下,朋友终于鼓起勇气,问:有腊刁子鱼吗?

往年过年,从湖南乡下返京,我总要给朋友带上五六条腊刁子鱼。尽管那位朋友不是湖南人,也酷爱腊刁子鱼。看来，不仅仅是我一个人爱吃腊刁子鱼，也不只是湖南人爱吃腊刁子鱼，原来爱吃腊刁子鱼的同道中人，哪儿都有，腊刁子鱼的美味已经成功突破了湖南圈，成为吃货的最爱之一。

那位惦记着腊刁子鱼的朋友，你也得像我一样，得等等了。等疫情结束，老母亲将腊刁子鱼寄过来，我就匀出一份给你，送货上门——我们也憋得太久，太需要外出走动走动，和朋友们一起畅聊，感受生活和世界的美好了。

油豆腐

腊八节过完,年味就越来越浓了,心情开始躁动、激越,工作的认真劲儿也打了折扣。

抢到回湖南老家的高铁票,一颗悬着的心落了下来,行走在北京的街头,脚步轻快,情不自禁地哼起了思乡小曲。

虽然已经奔五了,到北京十多年了,离开家乡二三十年了,可每年过年都要回湖南老家陪父母,这是风雨无阻、雷打不动的。

在我看来,回湖南老家过年,既是旧年的终点,又是新年的起点。如果没有回家陪父母过年,旧的一年都白过了,新的一年也没有一个好的开端。

数十年来,我这个习惯了湖南老家的乡下年味的人,始终偏执地认为:除了湖南乡下老家,在其他地方过年都是没有什么年味的，至少我是这样，包括春节期间庙会搞得如火如荼的北京——因为这年味我不熟悉！

值得额手称庆的是，再过一段时间就可以动身回湖南老家过年了。

中国年，最讲究一个"吃"字。人的口味是有记忆的，小时候喜欢吃什么，长大了还是喜欢吃什么，很难改变。在湖南老家过年，一饱口福，解馋的东西实在太多了，在湖南乡下，餐桌上那坨黄澄澄、香喷喷、软绵绵的油豆腐就是其中之一。

与油豆腐相对的是水豆腐，水豆腐是我们平时在饭店里吃的那种雪白的豆腐，故乡的油豆腐是拿水豆腐放进油锅中炸出来的，外面的皮金黄结实，里面中空雪白。水豆腐全国各地都有，但奇怪的是，无论是北方的北京、天津，还是南方的广州、深圳，这些地方的水豆腐都炸不出老家的那种油豆腐来——我曾经做过很多次尝试，都功亏一篑。这就使得老家的油豆腐成为记忆中的唯一——不是我一个人有这样一种稀奇古怪的认知，离乡背井、在外打拼的老乡，都认同我的这种说法想法。

豆腐都是豆子做的。不佩服都不行，在漫长的生活摸索中，勤劳的中国人民，将豆子演绎出五花八门的各种吃法，让人叹为观止，臣服其智慧。

豆子还在生长，没有熟透，人们就从地里摘回三五把毛豆，皮也不剥，放进锅里，倒上半锅水，抓一把食盐，放六七只干辣椒，生了柴火就煮。水开后，再烧二十分钟，捞出来，就可以吃了。父亲沽二两米酒，边剥毛豆边喝，那味儿比用花生米下酒强。这是农村一家之主的男人在那段艰苦岁月，经历了一天辛苦劳作后，仅次于搂着媳妇上床睡觉的生活盼头。这种吃法，叫煮毛豆。

黄豆（也有土生土长的黑豆，黑豆更香，但颗粒小，产量低，现在很少见了）在七八月成熟。一家人清早出门，到地里收割豆子。割完后，连秆一起挑回来，摊在屋前屋后的晒谷坪上，上午晒，下午就干了。在烈日暴晒下，饱满的豆荚接二连三地爆裂，发出清脆的声音，浑圆的豆子滚满晒谷坪。把豆子扫到一起，装进箩筐，挑回家，放进储物柜，大人心里就踏实多了。一个夏天，往往一家收获的豆子，都在百斤以上，除了安排老人或者小孩一颗一颗地挑出三五斤又大又圆的用于来年做种，剩下的，就可以放心大胆地编排各种吃法了。

农家过日子，要的是细水长流，以温饱为追求目标的当年尤其如此。如何计划地分配使用那些豆子，很体现女主人的聪明才智。把日子过得井井有条的女人，往往把豆子分成四份：一份卖了换钱，用来补贴家用；一份做成豆豉，腌在坛子里，用来调味；一份准备留到过年；一份作为平时改善生活用。

豆子收回来那些天，为犒劳孩子们帮忙，母亲抓出两三把，放进锅里，生火爆炒，十来分钟后，豆子熟了，散发出阵阵豆香，丢一颗到嘴里，上下牙齿一嗑，发出嘣嘣脆响，美味极了。家里有几个孩子，母亲就把炒豆分成几等分——当然，也给在地里干活的父亲留点儿。那些天，炒豆一直揣在我们兜里，或自己吃，或与伙伴分享，渐吃渐少，直至归零。吃完了，偶尔从口袋角落翻出来一颗两颗，都是意外惊喜；那些天，谁兜里装有炒豆，谁就被伙伴簇拥，充实而神气。

其他吃法，算是豆子的深加工，贯穿了做豆腐的全过程，甚至穿越了时空：喝浑浊的豆汁，吃水嫩的豆腐脑，煎白花花的水豆腐，腌毛茸茸的豆腐乳，熏黑乎乎的豆渣饼和猪血丸子（其主要成分还是豆腐），熏烤腊豆腐（即豆腐干子）。最让我流连忘返，梦里遇见也会流下口水，浸湿半边枕头的，就是那碗黄澄澄的油豆腐了。

炸油豆腐很费油，那时候油更珍贵，要计划着用，一般家庭要等到过年的时候才炸油豆腐。将水豆腐切成二指粗细的块状，放进沸腾的油锅里，豆腐先是沉在锅底，然后慢慢浮起，颜色由白变黄，体积逐渐膨胀。炸熟后的油豆腐，足有原来水豆腐的两三倍大小，表面金黄，里面水嫩，一口咬下去，既松软，又有嚼劲。油豆腐出锅即能食用，也可做菜，也能较长时间地存放。存放久了，即使霉掉，也还能吃——发霉的油豆腐馊馊的,别有一番滋味,与其他发霉的食物不一样,油豆腐发霉没毒性,也不伤身伤胃。

将豆子变成油豆腐,工序复杂。要经过泡豆、磨豆、煮汁、滤汁、滤水、油炸等过程。将豆子浸泡一个晚上,就可以磨浆了。在石磨边,一人推磨,一人用匙喂泡豆。豆汁顺着磨沿汩汩滔滔地流淌,浓浓的豆汁从磨嘴滴下来,落在下方的桶里。磨完豆,把豆浆拎回来,倒进锅里,放一锅水,大火烧煮。水开后,用一块纱兜过滤,滤后的渣就是豆腐渣,捏成饼,放在柴火上烘干,也是一道好菜,俗称雪花菜;滤过纱兜的汁,放点石膏,温度降到七八十度,就凝固了,再倒进纱兜,扎紧,放在案板上,上面压块重物,帮助挤压水分,水滤干后,打开纱布,就看到白花花的豆腐了。

平时吃豆腐只能靠买或者易货。买要花钱,一般是学校的老师、医院的医生、镇上的干部才掏得出钱来。像我们那种不名一文的家庭,只能用豆子来跟"豆腐佬"交易——隔壁三五个村合起来有一家专门做豆腐卖的人家,我们习惯把他们夫妻叫"豆腐佬"。

做豆腐很辛苦,下午开始磨豆,到全部工序完成,油豆腐出锅,一直要忙到深夜。磨豆用的是石磨,没有驴,也没有电,全靠手工;不能快,也不能慢。快了,磨不透,渣多,浪费了;慢了,效率不高,时间不划算。做成水豆腐后,四分之一用来炸油豆腐——当然,那时候,一锅油是反复使用的。一切做完,就鸡叫头遍了,和衣倒在床上,睡了不到两三个钟头,天刚蒙蒙亮,又要出发卖豆腐了。夫妻俩,男挑担,女拿秤,走街串巷,扯开喉咙吆喝。那叫卖声,韵味悠长,在村庄上空回荡,把妇女和小孩吸引过来。晨曦中,大人小孩端着碗或钵,把"豆腐佬"围在中间,或排钱或倒豆——有钱人用钱买油豆腐,没钱人用豆子换水豆腐,偶尔也换一两回油豆腐。

煎水豆腐容易,在锅底涂一层油,把豆腐摊在掌心,把刀刃放在豆腐上,不需用力,只需将刀摆正,就能把豆腐切成数块,也不伤手,然后将豆腐一块块整齐地码放在锅里。切豆腐的过程有惊无险,让旁观者老是担心割破手掌,刀刃在接触掌心那一刻,就戛然而止了,事实证明担心是多余的。

柴火生出来的火苗欢快地舔着锅底,豆腐发出悦耳的嗞嗞声。三五分钟后,用锅铲翻转豆腐,开始煎另一边。两边煎好了,放上辣椒,倒进半碗井水,水开后再过三五分钟,放上细碎的葱花,撒进一勺盐,盛到碗里,就可以吃了。冒着热气的水豆腐温热顺溜,很是美味。

可煎豆腐比起油豆腐来,味道逊色多了。油豆腐平时难得吃一餐,只有过年的时候,家家户户才都做,是唯一管够管吃的时候,是唯一管够管吃的菜肴。油很珍贵,炸油豆腐费油,只有过年的时候,母亲才难得大方一回,炸一回油豆腐。

油豆腐可煮，可炒，可蒸，都十分美味，谁都会做。炒用新鲜辣椒，把油豆腐切成数块；蒸放豆豉，可以不切，最好加几块油渣。后面这种做法，是我的最爱。蒸后的油豆腐，香香的，软软的，一口下去，汁水四溢，很是美味。

那年月，平时豆腐是一道难得的好菜，人多菜少，往往盐放得很咸——放咸点，可以保证人手有份，下饭。平时吃餐水豆腐都不容易，更甭说是油豆腐了。只有到过年的时候，油豆腐才升级为桌上的主菜，餐餐有，分量足，也不用做那么咸了——过年了，做得咸的是鸡鸭鱼肉，这个时候鸡鸭鱼肉比油豆腐更珍贵，做咸做淡透露出女主人的小算盘——希望家人和客人多吃油豆腐，少吃鸡鸭鱼肉，这样保证餐餐都有鸡鸭鱼肉出现在饭桌上，这也是一种生活智慧，关系到主人的面子问题——过年了，油豆腐供应充足可以放心吃，鸡鸭鱼肉供应有限，更多是一种体面的象征。过完年，姑姨叔伯习惯串门走动，桌上有鸡鸭鱼肉供着，是待客之道，也是女主人贤惠好客的体现。

夹两块黄澄澄的油豆腐，放在白花花的米饭上，这种饭菜搭配的画面十分唯美，让人眼馋嘴馋，口水在涌动，肠胃在蠕动。至于平时，常有油豆腐吃的是学校的老师、医院的医生、乡镇干部。过上他们那样天天都有油豆腐吃的日子，也成为我们对未来美好生活的憧憬，认真学习的动力。

现在富足了,鸡鸭鱼肉,想吃啥都有,可也不是绝对,如油豆腐。在北京的菜市场,鸡鸭鱼肉都有,可从来没有看到有油豆腐卖,也曾尝试将从市场上买的水豆腐用来自己炸油豆腐,但都以失败告终。想吃油豆腐,就得下馆子,一般的馆子还不行,得到地道的湘菜馆,才有那种熟悉的、小时候的油豆腐——其实,即使湘菜馆做出来了,那油豆腐与小时候的那种味道还是有差别的。但店主说原材料是从老家过来的,他们有特别的货源和渠道。

写完这篇文章,还有二十天就要回乡下过年,吃上地道的油豆腐了——这也是魂牵梦萦的乡愁的一部分。这是我的福音,也希望成为老乡和粉丝们的福音,俗话说:见者有份。如果你想吃我们老家的油豆腐,给我一个信息,留下地址,我给你发货——绝不是微商那样销售,不用你掏钱,更没想着用这个赚你的钱,只希望你和我一起分享那种美味和乡愁。

腊　肉

青春年少时就背起简单的行囊，外出闯荡，为改变命运，民工一样打拼，候鸟一样迁徙，先是广州南泊，后是北京北漂，之间还在长沙和成都短暂停留。

在家乡时没感觉，一离开那片土地，浓浓的思乡之情就袭上心头，梦里梦外都是湿漉漉的离别场景，想那白发苍苍、加速老去的父母，想那又熟悉又开始陌生的乡音，想那早就物非人非的村庄草木，更想那母亲烹饪的味道各异的地道湘菜。

尽管每年到头都要赶回乡下，陪父母一起过年，风雪无阻。但每次都因为小家和工作，行程短促，来去匆匆，蜻蜓点水一样，不仅没有消融化解乡愁，反倒让乡愁在告别父母、离开故土那一刻，变得更加浓郁、更加纠缠——甚至还有记忆中很多美味都没有吃到呢。

早在2019年,每逢佳节倍思亲的中秋夜,遥望故乡,就暗下决心,希望这个年,要在年前提前多日到家,在年后延缓多日才返京,在故乡安安心心地待个十天半月,把往年来不及仔细品尝的家乡美味一次吃个够,尤其是那碗"一家煮肉百家香"的腊肉。

可人算不如天算,计划不如变化快。临近年关,新冠疫情肆虐,将如意算盘打得粉碎。那几天,待在老家,刷着屏幕,浏览着关于疫情的报道,坐立不安,生怕回不到北京了,影响工作,尤其是孩子学业。初三清早,不得不拿起行李,携儿带女,匆匆返京。原来计划在家待得最长的一个年,结果变成最短的了,真正在家只待了四天时间;原来很多想吃的东西还是没有口福吃到。

那天清早,走的时候,天都没亮。我怅然若失地推开厨房门,看见腊鱼腊肉已经在腌制了——这只是第一道工序。肉们静静地躺在几个大盆里,色泽透亮,比鲜肉还鲜。我掩上门离开的时候,馋得使劲地咽了一下口水。

家乡的腊味五花八门,只要是肉,都可以用来做腊肉。不是肉的豆腐也可以,半腊的豆腐叫香干,腊透了的叫腊豆腐。我们都知道香干好吃,是湖南一大特色,其实腊豆腐的味道比香干强多了。

乡下人过日子很节俭,剩啥腌啥,腌啥熏啥。鸡鸭鱼肉都可以做成腊肉，牛肉羊肉，兔肉等都可以，动物内脏也可以。一般的腊肉是指腊猪肉。猪肉在江南的农村十分普遍，那时候，家家户户都养了两三头猪，在过年的时候宰杀，习惯了吃猪肉，所以肉直接指猪肉，其他动物的肉再在前面加动物名称。关于动物内脏，腊猪肠做得比较多，通常也叫腊肠。

做腊肉有两道关键工序，即腌制和熏烤。原材料以半肥半瘦的五花肉最好，一块两到四斤之间，薄了易熏干变硬，厚了又熏不透。在肉面抹上一层盐，放进盆或桶里腌制。这道工序大概需要两三天。讲究一点的，放些许茴香、花椒、八角、桂皮、陈皮、丁香、生姜等一起腌制。湖南人不喜欢麻味，放花椒的很少；四川人腌制腊肉，一般都放花椒。

在我看来，放盐就行了，其他都可以省了。因为腊肉做好了，本来就格外香了，不放其他香料，原汁原味原香。放了香料，就喧宾夺主，不地道了。母亲做腊肉是不放其他香料的，正合我胃口——当然，也可能我的胃口是母亲培养出来的。

腌制好了，就放在柴火灶上熏烤。这道工序，短则十天八天，久则可以一直挂在柴火灶的横梁上，直到吃完为止。

熏烤是一个细致活，尤其是前三五天，要多费心思，一天在意留心几回。将腊肉用铁丝拴上，生火做饭的时候，挂在柴火灶上空的横梁上，笔直地垂下来。饭菜做好，把火灭了,用柴灰或者糠或者瘪谷盖住炭火,在灶上放一块铁丝搭子,把肉从横梁上取下来,放在搭子上。

在灶上熏烤,很多时候是在夜间进行。乡下老鼠多,为防老鼠偷吃,主人往往用锅盖将腊肉罩在下面,不留一丝缝儿,风都吹不进去。晚上老鼠围着锅盖,闻着香味,又吃不到,急得团团转,吱吱叫,嘴和脚被烫了很多次,最后还是一点办法也没有。

腊肉被熏得吱吱作响,豆大的油不断往下掉,香喷喷的。油滴在柴灰上,发出扑哧扑哧的声音。由于油燃点低,每滴下来,都要燃起一团蓝蓝的小火苗,冒出阵阵青烟。那香味,瞬间弥漫了全屋,飘飘荡荡,涟漪一样扩散开去,在村庄周围弥留,真是一家熏肉,全村闻香。

熏好的腊肉,经年不腐,方便存储。那块腊肉,外表黑乎乎的,切开来,瘦肉是红色的,肥肉是淡黄色的,透明发亮,色泽鲜艳,油脂直往外冒,好看极了。

腊肉吃起来味道醇香,肥的不腻,瘦的不塞牙,开胃、祛寒、消食。有腊肉吃的那一顿,饭都要多煮两碗。纵然如此,那一锅饭都要比平时快一步锅底朝天了。

那年月就那么一两块腊肉,所以不常有的吃。元宵夜那一顿是免不了的。那年月,过年过节,最隆重的纪念方式就是吃肉。元宵节,是很难得买新鲜肉的,因为要省钱,只有割下一块腊肉来。一般来说,这也是一年中第一次吃腊肉——当年这样，现在不了。

母亲用菜刀割下来一块巴掌大的腊肉，按人头切成数块，一人一块，尽量均匀。如果不均匀，大点的给老的小的；小点的留给自己。其他的肉，要等到亲戚朋友来串门，留下来吃饭了，母亲才割下一块，做一个菜，用来陪客，我们也跟着沾光，但每夹一块，都要被父亲横一眼，因为那是留给客人吃的。

腊肉是怎么吃怎么香，怎么吃法都不损其美味。腊肉可炒可蒸。炒时要切薄点，一般用藠头、芹菜、藜蒿、辣椒做辅料。一碗腊肉，往往辅料多，肉片少，只有稀稀拉拉的几片。由于腊肉很香，辅料的味道也跟着上来了。但炒的腊肉没将腊肉的香和美味发挥出来，尤其是瘦肉，有点硬，味道远不及蒸的——炒腊肉，很多味道都没有出来，在我看来，有点儿暴殄天物，可惜了。

蒸腊肉，我最喜欢母亲的做法。将腊肉切成块状，比炒时厚一倍，整整齐齐地叠放在碗里，从坛子里挖出两勺鲜艳的陈年辣椒豆豉酱，堆放在腊肉之上，再敷点姜和蒜；做饭的时候，将腊肉放进锅里，饭熟了，腊肉也蒸好了。这样蒸出来的腊肉，很松软，进了味，也出了味。蒸腊肉，时间相对要长，蒸透了，味道才好。

乡下的腊肉有点儿咸，格外下饭。做得咸，是因为盐放多了，这样做，一是为防腐，咸了不易变坏；二是为节省，保证每个家庭成员都有份。腊肉最好吃的,不是瘦肉,而是肥肉。肥肉已经没有了你想象中的那种肥腻,而是肥而不腻,又香又软又爽口。我家小朋友不吃肥肉,原来对肥腊肉也是拒绝的。后来我好说歹说,鼓励她尝一口试试,她都不敢。吃腊肉,不吃肥肉,等于白吃了。为打消她的顾虑,我对她说:"不好吃,你别咽,吐掉就是。"有了这句话,让她很放心。她小心翼翼地夹了一小块肥肉,先用牙尖咬了一点点,用舌头舔了舔,然后就像发现了新大陆,一口气吃了好几块。从那以后,她知道了,吃腊肉,先要来块肥的。

加工腊肉,年关临近的寒冬腊月最好,其他季节,尤其是暮春、盛夏、秋初都不合适,做不出那个味道来。可腊肉一旦做好,却可以长久储放,在时空里穿梭,不变质,不变味。年前年后都是做腊肉的最好时节。记得小时候过年,肉不多,大年夜、初一、初二是要保证有点肉吃的。可无论如何,母亲都要省下一点来做腊肉,因为还有元宵节要吃肉,又没钱买新鲜的,只有靠腊肉,只有腊肉才能放那么长时间。

小时候,兄弟姐妹四个,爱串门,走亲戚。从初一那天起,我们就穿上最好的衣服,到处拜年去了,叔姨伯姑的,非得挨个走遍才行。当然,亲戚家没有那么多鸡鸭鱼肉招待,腊肉算是最好的菜了,不多,一般是一碗,里面放了杂七杂八的辅料,但餐餐有。主人宁愿自己不吃,也要让客人吃饱吃好,这是我们那儿的待客之道。每餐有一块二指粗的腊肉,一碗白米饭,那就是幸福好时光了。

父亲有三个姐姐,其中最小的那个,嫁在离家有二三十里路的大山里。到小姑家,只有山路,崎岖难行,去一趟,在路上就要半天,那个季节的湖南,又是阴雨绵绵,道路泥泞难行。那时候,小姑家相对富裕,姑父有猎枪,偶尔上山打点野味。野味打回来,小姑都要将其做成腊肉,挂在柴火灶上方候着,等我们过去。

记忆中,小姑家的腊肉永远吃不完。所以,我们特别喜欢上小姑家拜年,住得也久,往往一待就是五六天时间。我们去了,小姑兴高采烈,总舍不得让我们回来。

后来,读高中,上大学,参加工作了,去小姑家就少了,因为那条山路实在让人畏惧。现在我已经有三十多年没去过小姑家了。听说,虽然公路通到了小姑家,但那是机耕道,弯弯扭扭,路上很颠簸,泥泞不堪。回到乡下,没车,大年初一的,也不想麻烦别人。几次想去,面对现实,又不得不作罢。

过年在家的时候,听父母说,小姑老是念叨我们,也年年做了很多腊肉,挂在柴火灶上方,盼着我们过去。小时候常去,突然这么多年没去了,弄得小姑忐忑不安,老在自我反省,看是不是当年什么地方做得不对或者不好,惹我们生气,让我们记恨在心了。

小姑对我们不再上她家的揣测，让作为晚辈的我们十分汗颜愧疚。过年前，母亲告诉我，姑父已经去世，小姑身体大不如前。母亲的意思我是听懂了，她是希望我去看看小姑，也许是这一生的最后一面了。我也本来打算过完年去一趟小姑家，幸福地吃上一顿她为我准备的腊肉。可由于疫情，很遗憾，计划又泡汤了。看来，这笔债是欠下了，什么时候能够偿还，这一生还有没有机会偿还，已经很难说了。

父亲今年八十岁了，小姑八十多了。那一辈的亲人已经在相继凋零。

当年，我吃小姑做的腊肉的时候，还是一个十岁出头的孩子，小姑还是一个年轻能干的家庭主妇；现在，我已经奔五了，头发白了，也快秃了；小姑已经佝偻着背，眼睛浑浊，进入了风烛残年，开始了生命的倒计时。

人生就是这样一个欠债和还债的过程，有些债，是一辈子都还不起，还不完，还不了的，只有带进坟墓里，来世再还。

宁使天下人负我，记着别人的债过日子，很累很辛苦，期待下辈子有钱有闲，不做辛苦的还债人。

猪血丸子

年味越来越淡了,今年这个年尤其如此。

原计划在湖南乡下待个十天半月,陪父母,宴亲友,好好享受年味,告慰一年的辛苦。但美美的计划被无情的疫情扰了,刚过完年,就不得不匆匆返京,可以说,年都没有过好。

中国人讲究吃,过年尤甚。这个年,只有两顿让人勉强记住:一是除夕夜的团圆饭,一是初一在姨妈家的中餐。记住的原因,不是团圆饭的浓情和菜肴的丰盛,而是这两餐都没如愿地品尝到一种特别乡味的菜肴,留下了深深的遗憾。

这道菜,是我们那儿的特色,在其他很多地方都吃不到,即猪血丸子。在乡下过年的那两顿大餐,在寻找这道菜的过程中,我的筷子是长了眼睛的,可都没有看到那个黑乎乎的、有着椭圆状外形,切开来里面一片诱惑的绛红的猪血丸子。

猪血丸子又叫血粑豆腐,是湖南乡下曾经盛行的一道特色土菜,以邵阳猪血丸子最为著名。我们家离邵阳很近,翻过几座山就到,腌制的猪血丸子不比邵阳的差,只是邵阳人能说会道,长年奔波在外做生意,猪血丸子随着他们的踪迹早就声名在外了。

"猪血丸子"描绘了这道菜的色彩和外形,"血粑豆腐"则点出了这道菜的主要材料。鉴于猪血丸子制作工艺复杂,生产周期漫长,这道菜在如今乡下的年味里慢慢地难觅其踪了——不断淡化或消失的传统成为年味越来越淡的一个重要原因,因为消失了,记忆才越来越深,情感才越来越真挚。

让人感觉有些庆幸的是,在湖南乡下渐渐很难吃到的猪血丸子,在北京的某些地道湘菜馆里,却可以一饱口福。出于对儿时那种味觉记忆的流连,平时与在北京的湖南老乡在湘菜馆聚餐,一个大家都喜欢点的菜就是猪血丸子。往往这道菜一上来,都会引起一阵小小的骚动:拍照,发朋友圈,忙不迭地品尝和点评。

比起永州血鸭、东安国宴鸡、双色洞庭湖鱼头、邵阳口味鳖、湖南臭鳜鱼、长沙臭豆腐这些经典湖南名菜,猪血丸子只能算是一个小众菜,上不了台面,只能作为一种陪衬。但在北京的湖南老乡的评价体系中,偏偏正是这种陪衬,才更地道，更加不可或缺——仿佛一缺，那个湘菜馆就有点"挂羊头，卖狗肉"的味道了。

然而，北京湘菜馆里做得再地道的猪血丸子，都与记忆中小时候的那道猪血丸子有着细微差别，外行人不知，但我们内行的湖南人吃得出来，有以次充好之嫌。如果口味将就，心思粗糙，这种细微差别是体味不到的，湘菜馆的那道猪血丸子可以勉强应付过去。可我的味蕾过于挑剔，记忆过于强大，能够清楚地吃得出北京的猪血丸子缺乏那个年代的精工制作精神和饱满的柴火烟熏味儿，总觉得湘菜馆的猪血丸子离那个熟悉的味道太遥远，恍若隔世。所以，我始终固执地认为只有老家乡下的猪血丸子才正宗，才地道。这不由得让人格外地怀想小时候的那道猪血丸子。

在北京的湘菜馆，猪血丸子的做法有点敷衍，是炒菜，放了葱蒜姜，闻是好闻，看是好看，吃起来也不错，但那味道与记忆中还是差了一些火候。

家乡那道猪血丸子是蒸的，啥都不用放，放了就画蛇添足了。蒸的猪血丸子比炒的和煮的，味道更美。最好是放在饭锅里，米面上。那时候是用柴火做饭，饭开了，有一个熄火两三分钟，让蒸气降落，再生两把火加热的过程。饭开之际，把猪血丸子放进去最是恰到好处。饭熟了，猪血丸子也好了。拿出来，热乎乎的，放在砧板上，手起刀落，切成三五毫米左右的薄片，再捧起来，放回碗里，依旧是一个完美的椭圆。这个圆,也象征团圆和圆满。动筷子夹的时候,很有讲究,先夹中间的,最后夹两头的。这样做,有一个美好的寓意,那就是这个菜一直都是完整的,有始有终,有头有尾,圆圆满满。当然,也有不切的,直接用筷子戳下一块。切,讲究一点;不切,马虎点,仅此而已,味道没什么差别。

小时候的猪血丸子口味重,咸咸的,是用来下饭的,往往一块就可以下一大碗饭,不需要其他菜肴。猪血丸子可以长期储存,不用担心变质。富裕人家的猪血丸子有时候可以吃到上半年快结束,地里的辣椒、茄子、苦瓜长出来为止。

猪血丸子不是想做就做的,也不是家家户户都能做的。年底要过年了,杀猪了,有猪血和多余的肉了;做豆腐了,有剩余的了,才考虑做猪血丸子。将五花肉剁碎——往往五花肉有限,只是象征性地放一点,将豆腐捏碎,放进盆子里,再倒进猪血,放进剁碎的橘皮、生姜、大蒜、辣椒,不停地搅拌、揉捏,使其深度融合,形成泥状,充满黏性。抓出巴掌大一块,放在两个掌心之间来回挪动、拍打,形成椭圆状。当做饭菜的柴火熄灭,在柴火灰烬上撒上一层厚厚的糠、瘪谷或者花生壳,把锅搬走,在灶上放一块铁搭子。然后把猪血丸子整齐地摆放在搭子上烘烤。这个烘烤的环节要不断重复,需二十天左右,烘少了火候不够,烘急了难以均匀。烘熟的猪血丸子腊香扑鼻,集腊肉、腊豆腐的味道于一体，闻着那气味就让人涎水四溢。

据说，在邵阳一带，猪血丸子有数百年历史了。关于猪血丸子的来源，在当地有很多传说，其中流传最广泛的是宋朝一个望子成龙的故事。据说，宋朝年间，在邵阳有一对孤儿寡母，母亲含辛茹苦地抚养着儿子。为让儿子成为有用之人，母亲把儿子送到云山庙，跟着和尚一起习武。习武很辛苦，跟和尚吃住只能吃素。看着儿子一天天瘦下去，母亲很心疼，千方百计寻思做些荤菜送去，改善儿子生活，但又怕方丈不允许。一日，母亲赶集，见人杀猪，突发奇想，将猪血混进豆腐里，既可解荤腥之馋，亦可避佛门戒律。于是要来猪血，买来豆腐，将豆腐捣碎，拌入猪血，再把豆腐捏成椭圆状，挂于柴火灶上熏烘，成为一团黑乎乎的东西。母亲把这黑乎乎的东西拿到庙里送给和尚和儿子吃。方丈纳闷，问为何物，母亲答曰：用豆腐熏干制成。方丈再无异议。和尚和儿子感觉好吃，每顿都能多吃几碗饭，练起武来，更有劲了。后来，儿子学成下山，参加朝廷武考，夺得武状元。事情传开，邵阳各家各户开始做起这种黑乎乎的东西来了，并取名"血粑"。以后，民间历代相传，流传至今。

猪血丸子，现在都认为是邵阳隆回的最为美味。其实，我们当地的猪血丸子比起隆回的味道也差不到哪儿去，只是名气没有那么响亮——这也让我为家乡的猪血丸子颇为打抱不平。

现在的猪血丸子，在湖南乡下也很少见了，但在北京的湘菜馆并不稀罕。看见爱吃猪血丸子的人，往往容易亲近，产生天然好感。因为猪血丸子这道菜，颇具地域特色，只有邵阳周围的湖南乡下流行，这种爱好也包含着我们曾经有共同的生活经历和奋斗故事，现在又来到了一个共同的地方——首都北京寻梦，亲不亲，故乡人。

当然，这种他乡遇知音，并不只是在北京，甚至漂洋过海了。一次在美国，一次在欧洲，饮食都很难融入当地，食不甘味。后来在当地同胞引荐下，找到了异国他乡的湘菜馆，居然看到有猪血丸子。无论是美国还是欧洲，其他湖南菜，除了辣，就没有什么湖南特色了，可那份猪血丸子，不由让人食量大增，也让我领悟了"越是地方的就越是世界的"的真谛。

红薯粉条

与北方朋友,尤其是东北朋友聚餐,一个必点的菜是猪肉炖粉条。

肉是五花肉,已被炖得肥而不腻,沾牙即碎;粉条是土豆粉条,又细又长,极有嚼劲;正宗东北猪肉炖粉条,还放有半腌过的大白菜,调味、去油、化腥、开胃。

这道东北名菜,我也喜欢,因为似曾相识。小时候过年,母亲也做,味道还要更上一层楼。回味起来,母亲做的猪肉炖粉条有四个地方要比东北的猪肉炖粉条强:一是放了辣椒,在湖南农村长大,吃的菜里少了辣椒,味道就天然差了;二是粉条用的是红薯粉条,比土豆粉条更有味道,更有嚼劲;三是那时候的猪是没放饲料养,全是扯的猪草养的,肉质更好更嫩;四是在家做,烧柴火,炖得要久一些,肉质松软，更入味，与东坡肉极其神似。

不过，总觉得老家做法与东北做法异曲同工，存在某种无法割裂的关系。百度一查，果然得到了印证。原来东北的猪肉炖粉条发源于四川，是大唐王朝名将薛仁贵的最爱。后来薛仁贵东征，就将这道菜带了过去，逐渐流传开来，经岁月沉淀，就成了今天"东北四大炖"中的第一炖。

前面啰唆了这么多，其实只有一个目的，那就是抛砖引玉，来聊聊湖南乡下老家的红薯粉条——想当年，薛仁贵最爱的猪肉炖粉条，还在四川的时候，用的应该是红薯粉条，而不是土豆粉条。

老家那地方，地少人稠，土地贫瘠，可有几样特产闻名遐迩。邻镇的砖塘槟榔芋和生姜，远销东南亚，是当地华人餐桌上的最爱；而祁东的黄花菜和红薯粉条，却有着世界性的地位和声誉，在华人圈备受欢迎。我的最爱与薛仁贵的如出一辙，就是那碗青色透亮的红薯粉条。

红薯粉条是红薯深加工后的产物。红薯，北方人叫地瓜，南方人叫红薯，生吃熟吃，味道都不错。在北京，年轻人最喜欢的一种吃法，就是烤地瓜了。行走在北风凛冽的街头，从路边的小摊上要一个烤地瓜，剥开皮，一口咬下去，热乎乎的，又香又甜，暖暖的，直钻到心里面，那份寒冷立刻被驱赶得无影无踪了。

烟花三月的江南，淫雨霏霏，万物生长，正是红薯播种时节。父亲在前一天下午，扛着一架楼梯，提着一个竹篮，带我们去了一里之外的地窖——那时候家家户户都挖有地窖，用来储存红薯、土豆、芋头等，全村的地窖都集中在一起，密密麻麻地布满矮坡，地窖口高高凸起，以防渗水，窖口上覆盖着一块又大又平整的青板石。掀开青板石，放下楼梯，就可以下地窖取东西了。

父亲把七八个窖藏了一冬的红薯种取出来，再在一个雨天的早上，将红薯种进地里。吮吸着春天的阳光和雨水，三五天后，薯苗就破土而出，长出新鲜的嫩芽。随后，嫩芽生长就像进入发育期的少女，有点儿野蛮生长，不可控制，不到一个月，地上就爬满了青葱翠绿的红薯藤。

梅雨季节，父母戴着斗笠，披着蓑衣，来到地里，将藤从根部处剪断，挑回家，放在堂屋中央。一家人，拿着蛤蟆凳，围藤而坐，人手一剪，将藤剪成成千上万小段，每小段留有三五片红薯叶。剪完后，父母挑着藤，来到事先翻好的地里，左手用小锄刨坑，右手将薯苗放地坑里，培上土，将根埋下。种下的薯苗初看是蔫的，可只要是雨天，或者多浇水，过一两天就恢复了生机，开始苗壮生长，土下长果，土上长藤。

夏天来了，红薯地里一片葳蕤，满眼青翠，铺满厚厚的红薯藤。到了秋天，就可以收获了。割掉藤，顺着藤眼，一锄下去，将土翻开，一个个又长又大的红薯就被翻了出来，娃娃一样可爱。赶紧捡一个,揩去泥土,迫不及待地一口咬下去,满口生津,皮都舍不得吐。

红薯可生吃,汁多渣多;也可熟食,无渣。熟食,可煮,可蒸,可煨,可烤,都美味可口,又香又甜,又滑又糯。

现在,即使在农村,由于疏于耕种,红薯也少了。小时候,家家户户都要收获成百上千斤红薯,堆放在堂屋角落,小山一样,蔚为壮观。快接近冬天了,才被放进地窖储存。地窖温暖,不易冻坏。那时候,红薯是仅次于稻谷的主食,出了冬,在青黄不接之际,稻谷被吃空,红薯就升级为桌上主食了。

红薯这玩意儿,偶尔吃,味道不错,可天天吃,餐餐吃,就容易腻了,美味不再——由于小时候吃得太多,腻了,我倒很少吃烤地瓜。当然,有一种红薯深加工出来的东西,永远没有吃腻的时候,那就是红薯粉条了。

红薯粉条很神奇,可炖,可煮,可焓,可炒;可单独食用,煮熟了加油加盐,放点葱花和辣椒,味道就鲜美了;也可与猪牛羊肉一起炖。可我认为最美味的,就是与鱼一起煮。用来炖红薯粉条的鱼,可以是大的青鱼、草鱼、鳙鱼、鲢鱼、鲤鱼,也可以是小的鲫鱼、白条、河虾,还可以是大小不一的黄鳝、泥鳅。将鱼两面煎透了,放上水,水开后,放进红薯粉条,炖上十来分钟,即可出锅。汤是乳白色的,就像牛奶一样;那粉条又细又长,又香又糯。吸了味儿的粉条，好吃极了，夹一筷子，用嘴一吮，唰的一声，就滑进了嘴里，嚼起来，甭提味道有多美了。往往碗里粉条没了，鱼还在那儿。

红薯粉条好吃，制作过程复杂。那时候，家家户户都做红薯粉条。

村东头有一个公共粉碎机，粉碎机旁边用砖和水泥砌了一个沉淀池。粉碎的东西，从粉碎机嘴里落下来，就直接掉进了池子里。

池底部有一个小孔，用来放水；用布条堵住，就可以储水。孔边往往竖一块红砖。淀粉结块后，将砖抽掉，即可将废水排出。池的四角，各插有四根粗细均匀的木棍。一块大大的纱布，四角固定在四根木棍上，用来过滤淀粉。

将红薯去根，洗净，喂进碾碎机，发动马达。在惊天动地的轰鸣声中，一个个红薯被碾得粉身碎骨，从粉碎机嘴掉进纱兜里。粉碎完红薯，用布堵住池孔，从不远处的水井里挑来水，倒进池中。井水往往要挑数十担，才能将沉淀池盛得差不多。两天后，沉淀池分成清浊分明的两层，上层是清清的水，下层是白白的淀粉。将纱兜取出，抽掉堵在池孔的红砖，滤干水，剩在池里的，就是一层厚厚的淀粉。将淀粉用铲或刀刮下来，挑回家，放在背风向阳的地方晒干，就成了粉末。

沉淀完淀粉后，红薯渣也没浪费，有人拿回去喂猪，我们家拿回来，一半喂猪，一半喂人。红薯渣没什么味道，难以下咽，也不易消化。可饿慌了，还是啃得津津有味。

有了淀粉，就可以做坨粉了。坨粉与粉条味道一样，著名的是安化坨粉，我们祁东的坨粉不出名，可能是没有大规模推广的缘故，在我看来，祁东坨粉比安化坨粉强。

将淀粉泡进水里，溶化，搅匀；将锅烧热，放油，将淀粉液倒进锅里；抓起锅柄，在灶火上方，轻轻晃动。淀粉液渐渐凝固，颜色由白变青，锅底出现一层褐色的皮——根据个人喜好，皮可薄可厚。这层皮，老家有一个很土气的名字，叫和（huó）煎皮子。将和煎皮子揭下来，放在砧板上，切成块状。可炖肉煮鱼，也可素做。即使素做，味道也是极好。我更喜欢素炖。在锅里放少量水，水开后，将和煎皮子倒入，炖上十来分钟，水渐渐没了，放进少量油，放点辣椒酱和葱花，就可以出锅了，那味道比东北的猪肉炖粉条美。

制作红薯粉条，原理与制作和煎皮子差不多，主要有打浆糊、漏丝、晒丝三个环节。

将淀粉与冷水按一比五掺和拌匀，然后放进锅里煮沸，不断搅拌，八九成熟即可，打成浆糊，再放进四五倍的淀粉，然后漏丝。粉团温度以三十摄氏度至四十二摄氏度为宜。备两口锅，两只冷水缸，一只漏勺，漏勺最好是中型的，有四十八个孔。漏丝时，浆糊要搅匀，边搅边加温水，以五十摄氏度为宜。

抓起淀粉,让其通过漏勺,在重力作用下自然垂落,掉进下方的开水锅中。丝条沉入锅底,待其浮出水面,即可出锅,经冷水缸降温,用手指理成束,再经一次冷水缸降温,不断摆动,直至粉丝松散。待粉丝冷透后再拿到室外晾晒,晒丝要在背风向阳处,晒干后就可以包装或者储藏了,想吃的时候再拿出来。

那时候,家家户户都做红薯粉条。秋天的阳光里,房前屋后都挂满了晾晒的红薯粉条。晒红薯粉条最简单实用的装置往往是三根木棍,两根短的,插进地里,约有一个人高低,那根长的,横架在中间,用绳子固定两端。将红薯粉条搭在横木上,密密麻麻,就像一道道门帘,蔚为壮观。

红薯粉条可以长久存放,不用添加防腐剂,是纯天然食品。现在都讲究食品安全,健康饮食。那红薯粉条富含碳水化合物、膳食纤维、蛋白质、烟酸和钙、镁、铁、钾、磷、钠等多种微量元素,有抗癌功效——那时候,老家那儿,癌症患者相对较少,不得不把功劳记在红薯头上。

红薯粉条味道好,不是我一个人的认知,有市场销路为证。现在老家有好几家上规模的红薯粉条加工企业,将家乡的红薯粉条推向国内外市场,其中最大的叫福旺食品。我曾去参观过,福旺食品是一家完全实现了机械化生产的规模企业,厂区内停满了从祖国四面八方闻讯赶过来拿货的十吨大卡。据创始人肖展新介绍,福旺食品一天可生产数十吨红薯粉条，产品远销海内外。

美中不足的是，家乡的红薯粉条企业，自主品牌没有做起来，主要为其他品牌企业代工，好几个酸辣粉的大品牌就是由福旺食品贴牌生产的。贴牌企业，自己辛苦，赚得也少。看来，农产品加工企业，如何实现品牌化经营，建设面向海内外市场的自有销售渠道，是中国农村特色企业的一道迫切课题。

现在是移动互联网时代，世界人民在地球村里混迹，为"引进来，走出去"消除了地域障碍，希望在"互联网+"时代，农村企业解放观念，跟上形势，做大做强，让奔波在外的人，吃得到家乡美味，化得了浓浓乡愁。

油 渣

我一直认为，味觉是有记忆的，小时候喜欢吃什么，长大了还是那样。我爱吃油渣，这就是小时候留下来的。

也许有人不知道油渣是什么，很多知道的人也把它当作垃圾食品，不吃或者不屑于吃，但我喜欢。隔段时间没吃，就有点想念，像想念一个君子之交的老朋友。

有些菜馆，炒青菜或者做面条，有时候在上面放一点细碎的油渣，用来增添香味。青菜或面条上的油渣，很多人没动，这就有点暴殄天物了。我是先吃油渣，再吃青菜或面条，往往油渣吃完，还觉得意犹未尽，仿佛那碗青菜，那碗面条的全部味道就在那零星的油渣里。

小时候，我们不吃茶油，不吃花生油，只吃猪油。由于没有荤吃，吃了植物油，容易拉肚子，四肢乏力，活干不了,路走不稳,非得吃猪油不可。吃猪油,就要炸油。

由于家家户户吃猪油,肥肉就格外畅销,很难买到,比瘦肉贵,要得多的话,要向屠夫提前预订。那时候做菜放油,能少放尽量少放,能不放尽量不放。尽管如此,每个家庭一个月大概还是要炸一两次油,能够趁机吃到数餐油渣。

用来炸油的肥猪肉有两种。一种是一般的肥猪肉,类似今天的五花肉中没有瘦肉的那部分。那时候的猪吃猪草蔬菜,没喂饲料,不存在放瘦肉精,所以肥肉特别多。一种是猪板油肉,就是猪腹腔肉的那层肥厚的脂肪,猪板油全是肥的,没有丁点瘦肉,油特别多。

猪板油肉要预订,比一般肥肉贵。一块巴掌大的猪板油肉,放进油锅,炸干后就只有两根手指头那么大;满满一锅猪板油肉,炸干后,就只有一碗油渣,其他全是油,把锅都快盛满了,够一家吃一两个月了。

屠夫在卖一般肥肉的时候,总爱给客户砍点瘦肉,不是客户要,而是瘦肉很难卖出去,只有镇上的干部、医院的医生、学校的老师,他们有固定收入,挣钱容易,才买点瘦肉。可这些人,在镇上只是很少一部分。瘦肉不划算,没油,很不经吃,不实用。如果放开来,一个人吃两斤瘦肉也不觉得撑。当然,瘦肉也不用来炸油,而是被剔下来,切成片,放葱,放姜,放蒜,做饭的时候,放在锅里蒸。这种蒸肉,混合了米香和肉香,有一种特别的味道,是我吃过的最好吃的肉了。

剔完瘦肉的肥肉，被切成块状，白白的，软软的，腻腻的，放进锅里炸油。肥肉慢慢地由白变黄，由大变小，由软变硬，最后萎缩成手指宽窄的一块，再没油水了，就把油渣捞出来，盛在碗里。

炸油往往是在晚上进行。那晚，孩子们表现格外积极，不调皮了，懂事了，争抢着给母亲生火，希望得到多一点的犒劳。没被安排生火的，也没心思睡觉，都围在锅边，等着，盼着，不肯散去。从出油那刻起，随着热气蒸腾，满屋子慢慢弥漫了猪油的香味，那香味从漏风的墙缝之间飘出，在村庄上空晃晃悠悠地飘荡。

在炸油过程中，母亲不失时机地用锅铲铲出三两块油渣，分给我们解馋——守在锅边，就是为了这一时刻，大家伸手抓过油渣，一边吹气冷却，一边往嘴里送。温热的油渣，咬起来很脆，满口生香，一点儿也不油腻；如果能蘸一点盐粒，味道就更鲜美了。

炸完油后，那碗油渣不见得马上就吃，也不见得一次吃完，要分成好几次，每次平均到人头上，也就那么三两点——被炸干的油渣已经缩得很小了。放进食柜存储的油渣，也常被我们神不知鬼不觉地偷吃一两块，慢慢地就少了，不过，冷却了的油渣没有刚出锅的油渣那样清香，却更干脆。

油渣最常见的吃法有两种，一种是放进饭锅里蒸，油渣放在碗底，在油渣上面放一层豆豉辣椒酱。猪板油炸的油渣往往就是这种吃法。蒸出来的油渣汲了蒸馏水，膨胀起来，软软的，也进了味，咸咸的，辣辣的，很带劲。牙齿已经掉光了的奶奶就特别喜欢这种吃法，她用上下牙龈一磨，油渣就碎了，牙龈也不觉得疼痛。为照顾奶奶，这种吃法，也是母亲常做的。

一种就是清炒，特别是青辣椒炒油渣。把青辣椒切成丝状，放进锅里先炒，炒得七八成熟了，再把油渣倒进去，炒上片刻，让其入味后，马上盛在碗里。这种油渣吃起来，又脆又香，而且不腻，是我们小孩们的最爱。

无论是哪种做法，油渣都特别开胃。吃油渣那一餐，全家的饭都要比平时多做三四碗，饭锅里是满满一锅饭。

现在吃油渣的机会少了，但自己当家做主了，我也偶尔做点解馋。买回一块五花肉，切碎了，放进锅里炸油，把油渣盛出，用猪油炒青椒，青椒七八分熟了，再把油渣放进去炒一两分钟，再盛出来，装进碗里，很受家人欢迎。往往这个菜是第一个被吃得碗底朝天的。但我很少蒸油渣，一是买不到猪板油肉，二是蒸油渣得用乡下老家那种豆豉辣酱，才能做出那种熟悉的味道来。

母亲爱从乡下给我寄来大包小包我小时候喜欢吃的东西，一年总有那么两三回，打开包裹看到油渣。难怪母亲现在很少吃茶油和花生油,她和父亲仍然保留着吃猪油的习惯,从集市上买回肥肉,把油炸干了,把油渣冷却了,用保鲜膜包好,给他们散落在祖国四面八方的儿女们寄过去。掺杂了浓浓母爱的油渣,味道更加美好。

在文章结束时,也温馨地提醒一下,油渣好吃,千万不要贪嘴,从营养学角度来说,油渣含脂肪和胆固醇,对"三高"人群不利,容易引发肥胖病,导致动脉硬化、高血压、心脏病、心脑血管疾病等,要悠着点儿。

我是吃货,管不住嘴,目前身体尚可,明知油渣不健康,也顾不上这些了,有机会就吃点,没什么比先解馋更重要。

糍　粑

一个湖南籍粉丝朋友在北京开了一家湘菜馆，打电话过来说厨师全是老家请来的，菜品地道正宗，要我过去尝尝。朋友生怕我不过去，再三提到一道特色湖南菜：糖油粑粑。希望以此打动我，把我吸引过去。

糖油粑粑？什么东西？真没印象！

我在湖南农村长大，走南闯北，这些年见识过不少，也是一个地道的吃货，爱自己下厨，那些稍有特色的湖南菜，剁椒鱼头啊，永州血鸭啊，长沙臭豆腐啊，邵阳口味鳖啊，攸县香干啊，都如数家珍，唯独这个糖油粑粑，还是头一回听说，不知其来路。从名字上看，这个菜似乎与以辣味著称的湖南菜相去甚远，有点儿离经叛道。

为了释疑，我在朋友电话后的第三天就过去了，第一个点的就是糖油粑粑。等菜端上来,我不由哑然失笑了:原来是乡下的糯米粑粑啊!糖油粑粑就是把糯米粑粑放了红糖煮松煮软。

这糖油粑粑味道有点像糍粑,它们算是孪生兄弟了。也好,本来就爱吃糍粑,也有相当长一段时间没吃了,正好解这个馋。伸出筷子一夹,绛红的糖油粑粑软绵绵的,黏糊糊的,固执地抓住盘底,跟我较着劲儿,扯细扯长了,还不愿松手,就像一段难舍难分的热恋——糖油粑粑似乎知道,只要它一松懈,就会被我吞吃了。

毕竟胳膊扭不过大腿,那坨糖油粑粑还是被我送进了嘴里,咀嚼品味起来。窃以为,形容其味道,有五个字正好合适,即香、甜、软、爽、糯。

其香,是没入虎口,即闻着了。其甜,当然不是糍粑的,而是红糖的,一般情况下,加工前的糍粑是原味的。对红糖,我很熟悉。小时候,在老家,生产队大面积种植甘蔗,收割后,用甘蔗榨汁熬制,把黏稠的汁放进模具,冷却后就是红糖了,原生态,没有一丝杂质,是我最喜欢的那种甜。

进得嘴来,糖油粑粑温温的,软软的,有点温香软玉被嚼了的感觉。

糯是观感,爽是品性,就像散文的"形"和"神",本来是一对矛盾的存在,可在糖油粑粑这儿,居然统一起来,做到了"形散神聚",又爽又糯,下肚顺溜,不拖泥带水,一路下去,宛若一个文章妙手,去伪存真,把细节处理好了,浑然天成,无丝无缝。

吃了糖油粑粑,我更怀念糍粑了。我爱吃糍粑,可做得少。因为做糍粑很复杂,一次加工也复杂,二次加工也复杂。到朋友的湘菜馆吃,省却了自己做的烦琐,也就每次必点了。吃着糖油粑粑,做糍粑的细节就一一浮现在眼前。

乡下做糍粑,一般在糯米收割后,从中秋、重阳开始,到春节前夕达到最高潮。农谚有"杀年猪,做米酒,打糍粑,腌腊肉"之说,打糍粑算是传统春节的四大必做的盛事之一。没到过年就打的糍粑,主要用于办红喜事送回礼,尤其是娶亲添丁。自家产的东西,乡下人就是大方,往往一送就是厚厚的一打,至少也是六个起,一个糍粑净重少说也有半斤八两。

糍粑雪白,浑圆,颜如皎月,形如皎月,大小也如阴历十五抬头望见的那轮满月。糍粑代表吉祥、喜庆、圆满;送糍粑既是无私分享,又是诚心祝福。所以,也是乡下送礼的最爱。讲究一点的,爱在糍粑中央用红墨水点一浑圆的红点。这一点,有画龙点睛之妙,使糍粑的颜值锦上添花,更加美不胜收。点红了的糍粑更契合中国人爱红色的传统审美,据说还祛湿辟邪,很神奇。

做糍粑的主要原料是糯米。只有糯米,才有糨糊那样强大的黏性,将粉身碎骨的饭粒末凝聚在一起——黏米就没有这个功能。那年月,糯米种得少,因为糯米的庄稼细长娇嫩,经不起风吹雨打,产量也不高,种了不划算。尽管如此,每家每户还要辟出一小块田,用来种植糯米,因为糯米有糯米有的好处,虽然在农家生活中不是主流,但其作用也不可替代,酿甜酒、打糍粑就得靠糯米。

下锅前,糯米要用水认真淘洗,越干净越好。洗净后,置于木甑中,旺火蒸熟,然后趁热倒进干净的石臼,用杵槌舂碎。舂糍粑往往要两个人,默契配合,一大槌,一小槌,你上我下,你起我落,节奏感十足。大槌舂中间,用大力;小槌舂边缘,用小力。大槌主要是捣碎;小槌主要是翻动,顺便把石臼中周边凸起的饭粒撵回石臼中央。数十个来回后饭粒碎了,但远远不够,还得舂上一段时间,直到饭粒全部化为胶泥状,完全不见颗粒。如果有颗粒,就硌嘴,硌喉咙,影响口感,像一碗粥里掺进了沙子。

舂好后,就是捏糍粑了。舂好后的糯饭糊很有韧劲,真扯起来能扯个把人高,需要用力才能从石臼里抠出来。扯下一绺放在手心,先将两手掌合拢,将糯饭糊搓成球状,然后交替手掌,上下翻动,不停拍打,一会儿工夫,一个又圆又白的糍粑就大功告成了。

将捏好的糍粑整齐有序地摆放在垫有干净纱布的案板上,就像检阅一排列队的月亮,壮观极了。有的巧妇还在糍粑面上拓印上各种特制的文字或图案来表达心意，观音菩萨、财神、送子童子、武神关公是常见的图形，吉祥如意、恭喜发财、身体安康是常用的文字。有的在舂糍粑过程中，放些风干的桂花瓣，那就更香了。

将打好的糍粑放在通风干燥处阴干，阴干后的糍粑硬邦邦的，石头一样坚硬。吃前，要放在清水里浸泡数小时。春节前后，天气冷，糍粑可放。过完年，春天要来了，气温渐渐升高，给糍粑的储藏带来挑战，即使放进冰箱，效果也不见得好。这也是我过年很少带糍粑回北京的原因。后来母亲告诉我，储藏糍粑最有效的办法就是放在清水里，就不容易坏了，能放很久；但要勤快换水，一天得换三五次，有点烦，一忙往往就忘了。看来糍粑是一个爱干净的女子，值得尊重。

糖油粑粑那种吃法，不是我的最爱。我喜欢将糍粑放在火上烤，或者放进锅里煎。烤糍粑是一个细致活，需要功夫。用钳子夹住糍粑中间，放在炭火上，均匀翻动，糍粑的香气就慢慢地蒸腾了出来，弥漫整个屋子，让人有种在蓬莱仙境沉浮的感觉。烤或煎，都要直到两面结出金黄的锅巴为止。烤或煎好的糍粑，外面金黄，掰开来，里面雪白；外面那层很脆，很香，里面那层很柔很软，热乎乎的，都有一种特别的味道。如果喜欢吃甜的，就在糍粑上面撒点白砂糖。

小时候，我爱吃糖，现在更爱原汁原味。没有添加任何作料的糍粑,吃起来软绵绵的,热乎乎的,很是惬意,比西方那个名吃比萨强多了。不管哪种吃法,糍粑都爽滑、细腻,没有糯饭的消化不良,据说还吸脂刮油,减肥效果良好,颇受城市年轻女性青睐。

雷公菌

今年与往年大不同,与故乡始终隔着一条河,我在这边,故乡在那边,中间一个摆渡的人都没有。这个意境,像极了台湾诗人余光中的《乡愁》。

往年,在乡愁和亲情驱使下,隔三岔五(以月计)就要跑回千里之外的湖南乡下,在家暂住三五天,吃吃母亲做的饭菜,喝喝父亲酿的米酒,陪陪儿时伙伴打打牌。那种乐趣,是一辈子最大的幸福。

今年情况特殊,从大年初三狼狈返回北京,我已经半年没有回家了,刻骨铭心的思念就像潮水,走到哪儿跟到哪儿,过一天淹一天,不离不弃。

记得去年清明节,就在湖南乡下小住了两天。回到家的时候,正赶上晚饭。饭前,母亲神秘兮兮地说:今晚给你做道很特别的菜,你肯定有二三十年没吃了——弹指间,我离开家乡,到别处谋生,有二三十年了,也从一个初生牛犊的少年成了一个油腻的中年大叔。

母亲的话让我觉得不可思议,走南闯北这么多年,吃遍天下,还有什么菜没吃过呢?真是想不起来。

我不相信,觉得不可能;母亲不愿意把谜底轻易揭开,我也不便多问,静候水落石出——难得七十多岁的母亲对四十多岁的儿子还有这么一份未泯的童心。

吃饭的时候,真有了意外惊喜:摆满鸡鸭鱼肉的桌上,中间多了一碗黑乎乎的,状如木耳一样的菜。原来是雷公菌啊,确实已经二十多年没吃过了。我迫不及待地夹了一大筷塞进嘴里,软绵绵的,滑腻腻的,水汪汪的,不用牙齿咀嚼,就从口腔顺溜而下,滑进了肚子里。

一切还是记忆中熟悉的那种味道。这道菜,我们小时候经常采,经常吃,非常爱。那种热爱的程度,是仅次于荤菜了——在那个艰难的年代,除了水里的鱼虾螺蛳,可以靠勤劳获得,常有得吃,鸡鸭肉等荤菜,一个月是难得吃上一两回的;缺油少荤的日子,总感觉肚子里荒得很,四肢乏力,只想躺着,哪怕是地上。

雷公菌只在春天生长。寒冬过去,天气渐渐暖和了起来。几夜滚滚春雷,数场淅淅沥沥的春雨,远离房屋和人畜的野外,地面上,岩石上,就长满了密密麻麻的雷公菌。这就是雷公菌得名的缘由了。它的名字很多，在多如牛毛的书名土名中，雷公菌是我们最耳熟能详的一个。雷公菌生长在地上，形状与木耳相似，又叫地木耳。长在地上的雷公菌，成片成片的，密密匝匝，就像给大地披上了一件衣服，所以又叫地衣菜。动笔写这篇文章前，百度一下才弄清楚雷公菌的学名叫普通念珠藻。

雷公菌那么多名字，形神俱备，很有文艺范儿，让人感觉富有诗情画意。其实，雷公菌还有一个难登大雅之堂的名字：鼻涕肉。雷公菌像极了童年时候挂在鼻腔下的那两条青鼻涕，滑滑的，黏糊糊的。当然，这个十分不雅的名字，最好是忘记了。如果吃的时候，还记得这个名字，那就麻烦了，有点倒胃，好端端的一道菜被糟糕的联想给毁了。

雷公菌是有性情脾气的，就像一个有洁癖的人，爱干净，对生长环境要求极高，有人踪畜迹的地方，雷公菌是不会生长的。根据这个特点，环境学家将其作为环境监测的一个重要指标，检测空气中SO_2的含量，监测大气污染。也由于这个特点，雷公菌不像其他菌类，容易人工种植，满足食客所需——雷公菌至今仍然只能是一种地地道道的野菜。

清明前后，乍暖还寒，正是采摘雷公菌的最佳季节。采摘雷公菌也是我们小时候为数不多的自觉自愿干的活儿之一。下午放学回来，或者周日早饭之后，披上蓑衣，戴上斗笠，挎上竹篮，约三五同村小伙伴，在斜风细雨中，向着生长雷公菌的地方，满怀期望地出发了。

记得距家两三里外，有一块平整的喀斯特岩坪，有两三亩大小，那儿人迹罕至。这个坪地是"大跃进"时代整出来的，供公社民兵操练打靶用。后来民兵解散了，岩坪就废弃了，寸草不生，专长雷公菌。

在春雨滋润下，坪地上爬满了一层雷公菌，有炭黑色的，有翡翠绿的，有橙黄的，大的大如巴掌，小的小如铜钱。吮吸了春水的雷公菌亮晶晶的，滑腻腻的，水汪汪的，软绵绵的。不到十来分钟，就可以采满一篮，让人欢欣鼓舞，满载而归。伙伴们也不贪多，一般只采半篮，够两三顿吃就行——雷公菌易坏，那时候也没冰箱，不能久放，最多只能过夜，挨到次日。我们采大的，正当时的，那些小的，正在茁壮成长的，暂且放过，给别人留着，或者给数日后留着。

岩石上生长的雷公菌一尘不染，没有泥沙。回家后，用水一冲洗就可以下锅了。雷公菌可开汤，也可清炒；即使清炒，也是汁多汤多。盛在碗里，在面上撒一层细碎的葱花，热气蒸腾，香气氤氲，让人垂涎。如果有肉，只要一点点，把肉切成碎末，放进锅里一起炒，那味道是最好的。吃雷公菌，我们家很少有放肉的时候，因为没钱买肉，但母亲也有替代办法，从墙角的坛子里挖出几个透明的腌辣椒或几根被腌得金黄的长豆角，剁碎成末了，撒进锅里，与雷公菌一道，那味道不比放肉末差多少。

雷公菌娇嫩，采的时候要轻柔、用心，力度一大就碎了，就像敏感的初恋，需要用心呵护。雷公菌也像少女的皮肤，经不住太阳晒。进入夏季，阳光大了，雨水少了，雷公菌就枯萎了，仿佛在一夜之间销声匿迹了。夏季的地上偶尔也有雷公菌，可很干瘪，没有水分和光泽，已经不适合吃了。

在家乡所有土生土长的蔬菜野菜中，我觉得雷公菌是最吸天地灵气，取日月精华的。现在的科学研究也证明了我的这种猜测：雷公菌富含蛋白质、维生素、叶绿素、叶黄素、胡萝卜素、藻胆素、人体必需的微量元素和少量脂肪，其中钙元素、铁元素、维生素C等的含量超过了木耳和银耳。在没有荤菜的年代，雷公菌是我们吃过的最接近于荤菜的野菜了，比豆腐还解馋。

那天晚上，酒足饭饱后，躺在床上，想着余味犹存、唇齿留香的雷公菌，一种愧疚的感觉慢慢升起，占据了那颗雷公菌一样敏感的心，感觉欠父母的又深了一层：为了让远道归来的儿子吃得好点，他们不顾自己年迈，不顾雨天路滑，跑到两三里外去采摘雷公菌，万一摔着了，伤着了身体，该如何是好？

第二天起床，第一件事，就是把担心告诉了母亲，嘱咐她不要出去采雷公菌了。母亲咧开嘴笑了，说自己家里就有，不用到野外采摘。我不信，母亲拉着我的手，上了三楼，推开阳台上那扇门，果然看到露天的、潮湿的、宽大的水泥地板上，生长着一层密密麻麻的雷公菌，就像给阳台披上了一件厚实的衣服。

难道是母亲找到了雷公菌的种植之法？

母亲摇摇头，很得意地说：是天生的，年年有，以后想吃雷公菌，就在这个时候回来，保证能够让你吃上。

听了母亲的话，我特别开心：没想到，科学家一直耿耿于怀的，不得其门而入的雷公菌的人工种植之法，在我们家倒是"无心插柳柳成荫"，安家落户了。这是季节的恩赐，也是上天的恩赐，让人对生活和岁月充满了感激。

凉　粉

夏天到了，天气炎热起来，人们想着办法降温消暑。风扇，空调，降得了外温，降不了心火；冰棒，冰激凌，冰镇西瓜，都不如记忆中的那碗常温状态的凉粉神奇有效。

小时候，乡下用来消暑的东西有限，用的是蒲扇，吃的是冰棒和凉粉。蒲扇靠汗液蒸发，带走热量；冰棒靠温差，没有冰冻处理过的凉粉靠天然属性。与环境温度相差无几的凉粉，吃起来沁凉沁凉的，满口生津，从口腔直接凉到心里面。再酷热的天，一碗凉粉下肚，身上的汗没有了，也感觉不到热了，毛孔舒坦地张开着，很是爽快过瘾。

看了上面两段文字，很多读者也许糊涂了，不明白我在说什么东西——或许只有福建、广东和台湾的人心知肚明。因为凉粉在这些地方很普遍，尤其是夏天，小摊小店都有得卖。确实，这篇文章中着重描述的凉粉，与大多数人心中的那碗凉粉是完全不一样的东西。

凉粉有两种，众所周知的那种，既可以做菜，也可以做主食，主要原材料是凉粉草、大米、红薯和豌豆，拌以酱油、醋、辣椒油，吃起来清凉爽滑，作为夏季盛行的风味小吃，从南到北，从东到西，都有，也各具地方特色。本文偏心的凉粉，比较鲜为人知，是一种颇具区域局限性的南方小吃，类似果冻——果冻远没凉粉那样柔软可亲，凉粉晶莹透彻，嫩滑爽口，消暑祛热。

夏天了，我爱吃凉粉，这是从小就养成的习惯。京城偶尔也能碰到，但已经人是物非。京城的凉粉加了红豆、绿豆、花生米，不再是小时候那种天然的味道了。

虽然爱吃凉粉，但我一直没有弄明白凉粉的原材料和制作工艺，万能的百度也是语焉不详，说是仙人草熬制出来的。

百度的说法与小时候父母跟我们讲述的不太一样。母亲懂医，父亲走南闯北，在小时候的我们眼里，都是阅历丰富、见多识广的人，他们对凉粉的理解，要比百度全面深刻。

记得那时候，父母说，凉粉是把一种特殊植物（应该是仙人草了）放在桶里，用井水浸泡，一夜过后，大人再赤脚进去踩上一阵，把植物中的汁尽可能地挤出来，然后把植物捞出来，放进锅里熬煮，最后水少了，冷却了，就凝结成凉粉了。

由于担心踩仙人草的人没洗脚，或没把脚洗干净，父母觉得凉粉脏，所以，他们很少吃。现在看来，父母这个说法有颇多可疑之处。也许是因为那时候没钱，卖凉粉的来了，买不起人均一碗，所以，找了一个理由，自己不吃，让我们吃。

我分明地记得，父母倒不是一点儿凉粉都不吃。小时候，打了一碗凉粉，端到他们面前，叫他们尝尝，他们也用调羹尖舀一点点，放进嘴里，一边尝，一边不忘咂巴一下嘴——他们不吃，是尽量让我们这些孩子多吃点。

走村串院的小摊贩把时间掐得贼准，都是在下午两三点钟，一天最酷热难当的时候出现。一声吆喝，全村男女老少都抵挡不住诱惑，争先恐后地出来围观，哪怕没有钱买，哪怕不买，哪怕只是看看。

见人多了，小摊贩就在村头那棵绿荫如盖的大柳树下，放下担子，张罗生意。一碗凉粉很贵，要一毛钱。那时候，一斤盐才一毛五，可吃半个月。要大人给钱买碗凉粉，那是太难了。记忆中，我的整个童年，也就吃了不到十碗八碗凉粉，一个暑假，大概两三次能有口福。那一碗，还不是一个人吃的，要跟兄弟姐妹分享，还要给奶奶和父母尝一下。父母偶尔也有大方的时候，大丰收了，"双抢"了，大家都很卖力干活，都很累很困，为了犒劳和鼓励我们，父母一咬牙，给兄弟姐妹四个和奶奶，每人买上一碗凉粉，也在我们叫他们尝尝的时候，吃上一大口。

小摊贩扯开嗓子一叫喊，村里很多人就端着碗，拿着调羹，走了出来，把凉粉摊围得水泄不通。摊贩也不急，一边收钱，一边给客人打凉粉。那个勺比调羹大一点点，一般是两勺，再酌情加一点点，上了年纪的老人，长得可爱或嘴巴甜的小孩，漂亮点的大姑娘，风骚点的小媳妇，都可能被小摊贩格外照顾，多加一点，彼此心照不宣。

两三勺凉粉，也就是我们吃饭那个碗的三分之一到一半的样子——记忆中从来没有小摊贩大方到把我们的碗装满过。小摊贩自己也有碗，他的碗很小，两三勺凉粉装进去，可以够到碗沿，算是盛满了，显得童叟无欺，也给我们造成错觉，好像用小摊贩的碗要多些凉粉似的——小摊贩的碗很多是给在路上邂逅的客户用的。给客户舀完凉粉，小摊贩用一根牙签，往一个盛糖精的瓶子里蘸一下，再往客户碗里蘸一下，凉粉就有了淡淡的甜味。有时候，也可能不是糖精，而是白糖或者蜂蜜。放白糖或者蜂蜜，那就不是用牙签蘸了，而是用勺舀，虽然也是一点点，但小摊贩觉得很不划算，要把一碗凉粉的价格提高两分钱——糖比凉粉还物以稀为贵。

凉粉是纯白或者淡黄色的，晶莹剔透，在碗里晃晃悠悠,就像把一个湖泊端在手里,碧波荡漾。小心翼翼地用调羹戳碎,搅拌均匀,舀一小勺放进嘴里,凉凉的,甜甜的,滑滑的,甭提有多美味了,两口凉粉下肚,从口腔凉到胃,从里凉到外,五脏六腑的闷热暑气一扫而光,整个人都神清气爽了。

现在夏天,乡下已经没有走街串巷卖凉粉的了,消暑有空调和风扇,有冰激凌和冰镇西瓜,凉粉的消暑功能渐渐被家乡的农村和农民遗忘。可在城里,倒是偶尔可以碰到。城里的凉粉为让味道多样,添加了很多其他东西,也加了柠檬汁,很受恋爱中的男女小青年欢迎,尤其是在高档电影院门口。

我依旧酷爱凉粉,但喜欢原汁的,简单一点,纯净一点,加点白糖即可。我的要求,也让那些排在身后买凉粉的小青年感觉异样和另类。在他们看来,加了绿豆、红豆、花生米、蘸了柠檬汁的凉粉更加美味。

我还是喜欢小时候那种单纯的凉粉。世界在变,有些记忆和情感很难改变。在别人的城市里,我已经活成了一个不合时宜的人,因为我不是这个城市土生土长的,我只是一个为改变命运,追逐梦想,栖居在别人的城市里的北漂者。我来自遥远的乡下,来自遥远的年代,那儿离这儿很远,我既回不去,也没办法把那儿的东西带过来,只能与生活和环境彼此迁就,互相宽宥。

爆米花

一个月总要抽出那么两三次，躲开喧嚣的人群和琐事，一个人跑到电影院，坐在角落里，静静地看一场电影，独享两小时完全属于自己的时空。

我爱电影，更贪恋那杯爆米花。每次进场前，都要买一大杯爆米花，一瓶矿泉水，一边欣赏新上映的影片，一边有滋有味地咀嚼爆米花，那份感觉就是与众不同。

电影结束，爆米花吃完了，矿泉水喝完了，站起身，拍拍屁股走人，一切刚刚好。

其实，只要有爆米花，影片好不好都没关系，都能够耐着性子看完；没有爆米花，再好的电影，也仿佛缺了什么，找不到那份感觉。

对爆米花的热爱从小就有，由来已久。在江南农村生长,那个年代,缺吃少穿,爆米花是难得一见的零食——其实,什么零食都缺。

农闲的时候,偶尔有挑着老式爆米花机的小摊贩走街串巷,拖着悠长的腔调,高声大气地吆喝:爆米花啰,爆米花啰!

听到吆喝,男女老少从各自家里涌出来,把小摊贩团团围住。那么多人,看热闹是真,盼着分享一点是真,炸爆米花是假,最后真正炸爆米花的人,不到围观者的七八分之一。

看到时机成熟,小摊贩在村中间选一块空地,放下担子,把爆米花机取下来,把支架立起来,把爆米花机安在支架上,吊在空中,准备开工。

陆续有人返回家,拿来稻谷、大米,跟小摊贩讨价还价炸爆米花。

江南是鱼米之乡,以水稻为主,炸爆米花的原材料多为稻谷或大米。那时候,江南基本上不种玉米,将玉米作为炸爆米花的原材料,很稀罕,偶尔也有,但都是北方的亲戚带过来的——不少人家,为让女儿填饱肚子,都往天津、山西、东北嫁,她们几年可能回一趟娘家。

大米爆出来的爆米花最小,因为大米在碾米过程中,要被机器碎掉一部分。稻谷爆出来的爆米花颗粒大,饱满,谷壳也在成为爆米花那一刻爆裂了,脱离了,用筛子一筛,谷是谷，爆米花是爆米花，壳米分明。玉米炸出来的爆米花最大，有大人的大拇指头那么粗细，裂开来，就像一朵开放的花儿，让人叹为观止，味道也最好。

从爆米花机一进一出，原材料变成爆米花，体积要膨大三到六倍。一碗原材料进去，变成爆米花出来，足足可以装满一布袋或者一脸盆，让人有一种赚大发了的感觉。每爆一次，要两毛钱手续费，也可以用一碗米抵扣。那些刚过门的小媳妇，最爱爆米花，爆米花到手，端起来，转身就走，回家跟老公甜蜜分享去了。

老式爆米花机有一个弥勒佛一样的大肚子，圆鼓鼓的。把原材料倒进去，拧紧盖，放在支架上，固定好，就可以生火了。小摊贩一手添柴薪，一手不停地转动爆米花机，尽量让里面的原料受热均匀。十多分钟后，看样子差不多了，小摊贩取下转炉，用一个麻布袋兜住出口，扎紧了，一只脚踩在转炉上，一手提布袋，一手拧盖，只听得"砰"的一声巨响，爆米花顺着气流冲出机器，落进了布袋里。

小摊贩把布袋提起来，一手抓布袋口，一手抓布袋底，把爆米花倒进客户手上的筛子或盆里。筛子或盆里，就装满了白花花、热腾腾的爆米花，在阳光下闪着馋人的光芒。

爆米花爆炸的那一刻，因为害怕，我们潮水一样后退，一炸完，又潮水一样地围上来。主人也不小气，端着爆米花，挨个递向围观者，招呼他们伸手抓一把，算是有福共享。一圈下来，一锅爆米花，大部分被瓜分了，只剩下小部分拿回去自己和家人享用。

为让爆米花味道更好，在原材料放进机器后，小摊贩就往机器里加黄油、白糖或糖精。刚出炉的爆米花表面金黄，热热的，脆脆的，香香的，带着一点儿甜味，嚼起来咂咂作响。刚出炉的那一刻，爆米花是味道最好的，时间久了，就润了，软了，味同嚼蜡，完全不是那么一回事儿了——当然，爆米花很快就被吃完了，很少有留到润了软了，味道变了的时候。

围观者往往定力和耐性很不够，在分享了几把爆米花之后，感觉极不过瘾，终于抵挡不住饱吃一顿的诱惑，回家取米或稻谷来炸爆米花了。在一村炸完爆米花收摊走人，往往小摊贩塞钱的口袋鼓起来了，用来装米的小箩筐里米也多了，满载而归。

爆米花爆炸的时候，那个布袋在气流冲击下，常被扯开一道口子，逃出来不少淘气的爆米花，散落在机器周围的地面上，星星点点，就像满天繁星。落在地上的爆米花虽然让主人感到可惜，却也不屑，但被我们这些小孩惦记，吃完被分到的那一小份，大家不约而同地弯下腰，争先恐后地捡拾地上的爆米花。右手捡，左手摊开手掌装，一会儿，小小的手掌心就摊满了密密麻麻、层层叠叠的爆米花。小伙伴们不吹沙尘，把爆米花塞进嘴里，一边津津有味地咀嚼，一边继续捡拾地上的爆米花。

记忆中,我们家很少主动炸爆米花,父母心疼那点粮食,他们也不围观。只有偶尔那么两三次,炸爆米花的时候,正好碰到父母在地里干活。哥哥按捺不住,情不自禁地偷出来两碗米,一碗用来给小摊贩抵作手续费,一碗用来炸爆米花。炸完爆米花,哥哥拿大头,也给我分一点,算是"封口费",叮嘱我不要把这件事告诉父母。如果父母知道了,免不了要被骂,或者挨揍。

临近过年,爆米花还用来做麻糖。全国最有名的麻糖是孝感麻糖,大家都知道,也都吃过。我们那儿的麻糖虽然没孝感麻糖名气大,味道却不比孝感麻糖差。

现在农村已经没有老式爆米花机了——老式爆米花机早就被淘汰了。农村也没有新式爆米花机,孩子们要吃上爆米花,比我们当年更难了——当然,现在农村孩子们的零食,比我们当年丰富多了,而作为爆米花的零食,在农村已经被淘汰。

在大都市,吃上一回爆米花也不容易,最好的方式就是上电影院,边看电影,边吃爆米花。这两样都是我热爱的,可以一举两得。随着科技进步,健康水平提升,现在的爆米花也不含当年那种铅等重金属,味道也更加多种多样了,有巧克力味的,有奶油味的,有草莓味的。如果追求口味怪异,还有芥末味的,辣得鼻腔通畅,浑身冒汗。

现在再也不用捡拾爆米花吃了，吃爆米花的那点小钱，是什么时候都有的。但那种炸爆米花的场景，那种小时候的爆米花的味道，一直留在记忆里，穿过尘封的岁月，穿过世事的沧桑，来到身边，让人流连忘返，默默怀想，有时候甚至牵动多愁善感的神经，让我热泪盈眶——尤其是在夜深人静的梦中醒来。

咸　蛋

　　舌尖上的中国，各种风味小吃，咸蛋应该可以榜上有名了。估计没有人不喜欢吃咸蛋，尤其是剥开蛋壳，掰开蛋白后，呈现在眼前的，是那鲜红流油的咸蛋黄。

　　于我而言，喜欢吃咸蛋，除了咸蛋那种难以形容的，与众不同的美味，更是一种难以忘却的情怀，跟遥远的故乡的人、事、情联结在一起，难以割舍。岁月就是这样无情，留也留不住，有些人，已经作古，他们的音容笑貌也在记忆中日渐模糊。

　　咸蛋黄是我这辈子吃过的最好吃的东西之一。每次出差在外，在酒店用早餐，一个人要夹五六瓣切开的咸蛋。为避人耳目，不落下饕餮之名，往往分两三次，吃完了再去夹。酒店里，一个咸蛋是切成两瓣。五六瓣咸蛋，就是三个完整的鸭蛋了，吃完后，丝毫不感觉到多。在家偶尔吃咸蛋，却是有节制的，一般一次一个，给也爱吃咸蛋的小朋友树一个标准。

小时候爱吃咸蛋但不常有，越是珍惜的越值得怀念。在我的记忆中，从童年记事起到出远门到长沙读书，这段时间吃过的咸蛋，加起来不超过二十个，基本上每个咸蛋都留下了当时的记忆，十分深刻。

第一次吃咸蛋是在七岁那年，还跟挨打生气有关，对动手打我的父亲不依不饶，即扯开喉咙，放声大哭，没完没了。记得一个月黑风高的晚上，肚子疼，掌着带罩的煤油灯上厕所（那时候乡下的厕所跟住房不在一起，有一段距离，约五十来米）。返回路上，失手把煤油灯掉地上，打碎了。那个煤油灯是家里最好的一个了，是父亲刚从镇上供销社买的，用了不到半个月。父亲一急，不由分说地抽了我一个耳光，还气势汹汹地训斥：上个茅厕，白天不上，硬要拖到晚上！

上厕所这种事情，来了憋不住，没有也挤不出，是由不得人的。我觉得很委屈，摸着火辣辣的脸，也生气了，哭得上气不接下气。那时候，我已经会用绝食来表达委屈和不满了。十多天我没有理父亲，一连两餐，我没有吃饭。直到第二天晚上，等一家人吃完饭，母亲端着一碗饭，来到为对抗饥饿，早早爬上床躺下的我面前。白花花的米饭上面，放着一个大大的咸蛋。看到蛋，我破涕为笑了，肚里淤积的怨气烟消云散了——尽管委屈还在。

这是我第一次吃咸蛋。拿在手里，蛋很温热，剥开来，闻到了四处飘散的蛋香。蛋白很软，很咸，很下饭，舔一下就可以吞一大口饭；蛋黄红红的，起着沙，流着油，用筷尖撮一点放进嘴里，味道美极了。与蛋白的咸相比，蛋黄不咸，就像流沙，一粒粒的，看得清清楚楚。当然，那种沙，不是沙砾的味道。食物成沙，很多情况下，是熟透了的象征，美味的标志，例如西瓜。咸蛋黄的沙与西瓜的沙，一咸，一甜，代表了两种沙味的极致，两者相映成趣，异曲同工。

在那个美味咸蛋的怂恿下，那餐我连扒三碗米饭，把小肚皮撑得滚瓜溜圆，就像一个大西瓜。那顿饭吃完，那个咸蛋还剩下一半，留到了第二餐——不是咸蛋不好吃，而是舍不得吃。到现在，母亲说起我小时候的事，就把这件事搬出来作为例子，说我从小节俭和会过日子，舍不得的好东西，要留下来，不一次吃尽；她说我有好菜了，夹在碗里，即使看着不吃，也能下饭。这是真的，不知道这种本领和经历，你有没有，我们那一代人是有的。

那年，为躲避计划生育，我们逃离家乡，父母靠打短工为生。兄弟姐妹四个，还没长开，花销不多，年轻的父母完全有能力抚养我们。母亲在镇上买了十多个鸭蛋，吃了一半，剩下的一半做成了咸蛋，我是看到母亲做的。母亲从房东家借来一个大瓦钵，往瓦钵里铺了一半稻草灰，然后放水，水快到钵沿了，倒进半包盐，把手伸进去，把灰搅拌了片刻，一切就绪，母亲把鸭蛋埋进了泥灰里。给我吃的那个，是那批咸蛋中的第一个。母亲也烧了一堆艾叶，将灰撒了进去。母亲说用艾叶灰腌咸蛋，对身体更好，味道更香。做咸蛋，一般用鸭蛋。但母亲也用鸡蛋做过，我觉得味道差不多，只是没有鸭蛋那么大个。

咸蛋味道好，保鲜，哪怕是夏天，都不轻易变质腐败。那年月，在自己家里吃个咸蛋，太不容易了，往往要生日、端午、中秋或者过年之后元宵之前。过生日，不是人人有份，谁过生日谁吃咸蛋；一个咸蛋，你喜欢谁，就给谁分点。我的人缘不错，姐和妹的生日，我都能分到一点；当然，我生日了，也给她们分点。哥的生日，他从来不跟人分咸蛋。端午和中秋，有可能每个小孩都有一个，奶奶一个，父母共一个一般父亲吃蛋白，母亲吃蛋黄。过年时，亲戚来拜年，可能有一道菜是咸蛋，约两三个的样子，一个咸蛋被切成四瓣，一字儿摆在碗中间，流着油，散发着令人垂涎的光泽，但没人轻易动筷，因为珍贵。

有两个亲戚，让我吃到的咸蛋最多。一个是外婆，一个是大姑。那时候外婆六七十岁，勤快健康，一个人吃住，养鸡养鸭，靠自己的双手养活自己。外婆喜欢把鸡鸭下的蛋储藏起来,留给我们吃。不让蛋变质的最好办法,就是做咸蛋。到外婆家,经常可以吃到咸蛋,吃完后还能带两三个回来。大姑嫁在离家只有两三里路的地方。大姑家屋后是潺潺流过的小河,屋前是一大片开阔的池塘,很适合养鸭。记忆中,大姑家啥时候都养了一大群鸭,那群鸭下了很多蛋。大姑经常做咸蛋。那时候,干农活,亲戚爱互帮互助,传口信要小孩跑腿。哥姐不愿去,这个任务就落在我头上。我十岁的时候第一次做信使,把话传到,回来的时候,大姑给我煮了一个咸蛋揣在兜里。回来的路上,我忍不住了,把咸蛋剥了,边走边吃。进自己村庄前,咸蛋就吃完了,把嘴巴也抹干净了,看不到一点吃过蛋的痕迹——这好处不能让哥姐知道了,他们知道了,我做信使的机会就少了,甚至没有了。尝到了报信的好处,每次我都自告奋勇。当然,不是每次传信都被奖励咸蛋,但三五次总有那么一回。就是那么一回,成为我心甘情愿做信使的强大动力。现在,大姑父和外婆已经去另一个世界多年了,大姑也成了风中摇曳的烛火,病危过好几次了。

初二了,是在学校住读,一周跑回家拿一次菜。那菜,全是腌菜,千篇一律,不是腌萝卜,就是腌豆角和腌辣椒,用油炒一下,用罐头瓶子装好带上。运气好,放几块油渣或者几条不大的火焙鱼。一瓶腌菜要吃一周。平时我们在学校的时候,家里偶尔有多余的蛋了,母亲做成咸蛋,让我们离家返校的时候带上一两个。即使上初二了，我一个咸蛋还能下三餐饭，其他什么菜也不用。

得益于是小儿子，父母似乎格外溺爱我一点。印象中，母亲给我准备的咸蛋次数要比哥姐多一些，有时候我有，他们没有——当然，更多的时候，母亲是一视同仁的。对我偏爱，母亲有自己的解释，她说哥姐出生的时候，家境是最好的时候，他们最初的成长阶段不缺营养；我生下来的时候，家道逐渐没落，从小就营养不良，所以，尽可能地偏袒和补偿。

也许，这既是实情，也是一种偏爱。子女一多，尽管手心手背都是肉，但做父母的很难一碗水端平。在父母那儿，我确实得到了更多的关爱，就像那个咸蛋，一样泡在盐水里，蛋白的咸和蛋黄的咸不一样。

做咸蛋工序简单，小时候看母亲做过一回，那原料、工艺、程序就记下了，不像其他地方小吃，一不小心就失传了。估计很少有像咸蛋这样做起来简单，吃起来美味的风味小吃了。

用心地品尝过很多地方的咸蛋，觉得小时候的咸蛋最好吃，近的河北白洋淀的咸蛋，远的广西北海的海鸭蛋和高邮的咸蛋，都是咸蛋中的极品，味道让人念念不忘，容易上瘾。

粽　子

> 写粽子是为纪念屈原，也不单单是为了纪念。
>
> ——题记

传统节庆，含义隽永，与相应美食匹配，早早就把我们的胃口吊了起来。春节是美味集大成者，母亲说，春节没吃好，意味着新的一年都要忍饥挨饿，没好日子过。元宵夜的元宵，中秋夜的月饼，端午节的粽子，都让人垂涎欲滴，回味悠长。处在半饥饿状态的小时候，过年过节，都是为了那张嘴，都是为了填饱肚皮，吃上一顿几顿与平时不同的好吃的。

只有端午节不一样。端午节除了吃粽子，还有一层更深刻、更高尚的人生意义，不管父母是教师农民，不管你三岁五岁,都要告知与被告知的。端午前后,江南阴雨绵绵,如泣如诉。小河里的水涨了,像极了偶尔失去温顺的母亲,嗔声含怒,让人畏惧。这个节日,因为屈原的投江变得沉重,就像老农身上的旧伤,在潮湿阴冷的日子都要隐隐作痛。端午节,就连我们小孩,都要收敛脾性,变得乖巧懂事,不再追追打打,莫名地深沉起来。

端午的江南,是要赛龙舟、包粽子的。千百年来,人们做着同一个梦,希望把屈原从河神手里抢回来,让他再次绽放璀璨的文明之光。屈原投在湖南汨罗江,这一天,湖南人更加食不甘味,夜不成寐。在二十四节气中,为纪念人而设的,屈指可数,清明算是一个,端午算是一个。发轫于湖南,纪念湖南人的,就更少了——湖南人在源远流长的中国文明史上,百分之九十五以上的时间星光黯淡,地位尴尬,只是到了近现代,才蓦然花开,大放异彩。

对屈原,作为湖湘文化孕育出来的文化人,我是感恩戴德的。那句"路漫漫其修远兮,吾将上下而求索",虽然有些沉甸,注定只要认可了就选择了艰辛,却早就成了自己的座右铭。可小时候对屈原的认识和感恩,没有现在这么深刻和高尚,只是因为他,我们才有粽子吃,过上几天温饱的日子。当然,也在不成熟的思想里,觉得屈原一生很值,是那种流芳百世的开挂人生,我们不仅要学习他的诗文,似懂非懂地琢磨做人的道理,在他死后千百年,人们还要用一个伟大的节日来缅怀他。在中国五千年文明史上，因为一个人的忌日成为传统节日的，也就屈原一人了。只要中国人在，端午就在，屈原精神就在。如今的端午节，已随着中国人的脚步遍布全球，落地生根，被发扬光大。屈原投江成为中华文明史上震撼人心的一笔，屈原投江的目的成为中国知识分子追求真理的内心驱动。

真是扯得有点儿远了，现在把笔拉回现实，严肃认真地说说那些记忆中的美味的粽子。

年轻聪明的母亲是包粽子的能手，每年端午都要给我们露一手——她似乎很享受她的劳动创作，看家人吃得开心，她很陶醉，就像喝了二两米酒。分到每个人头上的粽子，多则七八个，少则三五个。

包粽子要准备三样主要东西：糯米、馅和竹叶。糯米和竹叶是关键材料，必不可少；馅是锦上添花，没有可以，有则更好；粽子的差异化，最终却体现在馅上。

糯米产量低，不到黏米的一半，种起来很不划算，让当家做主的父亲耿耿于怀，种糯米算是不务正业。可每年都要辟出一小块地，种上一点，因为糯米有糯米的作用，不可替代，元宵、粽子、甜酒、麻花，过年的很多年货，都要用到糯米。没有糯米，过年都要比别人寒碜，年味减半。

距村庄两三里的小河边生长着一片竹林，那竹子亭亭净植，抱团生长，密密麻麻。竹叶又长又宽，是包粽子的绝佳材料。那年月烧柴薪，野外的木棍柴草，一到秋天就被洗劫一空了，唯独那片无主的竹林没人砍伐，大家心照不宣，那是用来包粽子的，神圣不可侵犯。可那片竹子还是没能经住岁月的考验和环境的变化，现在已经没有了，那条记忆中的清澈的小河，也成了一条污浊的臭水沟。村人说，那片竹子是自己枯萎死掉的，与水质有关。竹子死掉后，村里就再没人包粽子，改成花钱买了。端午前夕，镇里集市的摊贩案板上，摆满了粽子，有各种各样的馅，省却了包粽子的麻烦。

可我还是喜欢自己家的粽子，总觉得买来的粽子没有自己做的正宗。端午前，母亲取出储藏快一年的糯米，放在干净的井水里浸一个晚上，让糯米发泡变松软。第二天清早，不用母亲吩咐，我们早就一溜烟跑到小河边，摘回一篮竹叶，在村口的井边洗干净，带回来。母亲做，我们看，有时候做做帮手。母亲将竹叶卷成圆锥状，用调羹往里塞糯米。糯米塞到一半，放红枣、花生米或其他果仁做馅，再把另一半糯米塞满，然后封口，用线扎好，一个粽子就成了。碰上年成好，手里有闲钱，母亲也吩咐父亲从镇上买回一两斤五花肉，用来做馅。没钱的时候，也有可能做荤馅，只要我们愿意，如黄鳝丝、泥鳅片、螺蛳肉都可做馅，味道也不错的。

端午前就在吃粽子了，端午过后的第二天，基本上就不吃了，也吃完了，没有了。端午前，家里一直有粽子，想吃了，拿几个放进锅里蒸，很快就熟了。但不能多蒸，只有端午节那天中午，才蒸得多，一个人甚至有三五个，够饱了。粽子熟了，剥开来，热气腾腾，清香扑鼻。五花肉做馅的粽子，很解馋。五花肉流着油，把糯米都浸润了，吃起来格外香。现在饮食，讲究少油，油多了，吃起来不健康。可那时候，闹油荒，很多菜都没放油，有气无力的，补充点油，可以长劲，让手脚充满力量，走路虎虎生风，干活不累。

也吃过其他叶子包的粽子，如荷叶。荷叶粽与竹叶粽形状不同，竹叶粽以圆锥状为主，大小均匀；荷叶粽为方块，可大可小，能包多大就包多大，有丰富的想象空间。母亲是个很有创意的人，全村用荷叶包粽子，是母亲的发明，后来被其他村人效仿，渐渐流行。荷叶粽有神奇的味道，荷叶荷花香，渗进了粽子里，也弥漫在空气中。包粽子的荷叶不要新鲜的，以陈年枯荷叶为宜。每年秋天，荷叶枯萎之前，母亲都吩咐我们到村口荷塘尽可能多地摘些荷叶回来存放，以备后用，用途最多的就是大年夜蒸鸡，端午节包粽子。那口荷塘的荷叶，每年都被我们摘得最多。

粽子有甜有咸，我讨厌甜粽，喜欢咸粽。在我看来，只有咸粽，才有正宗的粽味，仿佛甜粽配不上湖南人那种重口味的血性；我想屈原也是喜欢咸粽的，甜是工业化的产物，屈原那时候没有人工甜，只有自然甜。我们湖南人，觉得只有咸才有那种忧国忧民的家国情怀的味道，甜是没有的。

花甲之年的外婆也喜欢包粽子，因为我们喜欢吃。外婆包的粽子，馅是五花肉，或者咸蛋黄，我一直认为咸蛋黄粽最美味。外公去世早，外婆一个人生活，那时身体尚好，无病无痛，种田耕地，喂鸡喂鸭，有余钱买肉，有闲时腌咸蛋。过年过节，别人家是女儿女婿给长辈送礼，我们家是反过来的。我们家由于子女多，又都在读书，严重入不敷出。过年过节，是外婆拎了鸡鸭鱼肉和节庆食物往我们家跑。外婆的做法让父母很难堪，尤其是父亲。外婆来了，父亲就躲了，一个人猫在地里闷闷不乐地挥锄干活。父亲那点心思逃不过外婆的眼睛，外婆也不愿伤父亲的自尊，往往放下东西，喝口水，不吃饭就回去了，尽量避免与父亲见面的尴尬。见外婆走了，父亲踅回来，找个借口，对我们发发脾气，算是出口生活不如人意的闷气。

那时候，被父亲莫名其妙地痛批后，委屈的我们不明白父亲的心思，现在算是明白了：作为晚辈，过年过节，父亲不能给岳母送礼，心里该有多憋屈啊。父亲沉默寡言，对外婆还算孝顺，从来没有粗声大气地说话，嘴巴也甜，叫外婆的时候满脸堆笑——对其他人，他从来没有这种善良讨好的表情。过年过节，外婆给我们送东西，父亲很过意不去，他为自己无能感到委屈。现在外婆早就去世了，父亲也进入了风烛残年。但过年过节，父亲无礼送外婆的愧疚画面，一直留在记忆中，几十年过去了，仍然那样清晰，历历在目。

节庆食物，粽子是唯一可以吃饱的，一饱就可能两三天，这种经历在成长过程中很难得。糯米是自家种的，其他食物，如中秋的月饼，是要花钱买的。有时候，一顿可以吃上三五个粽子，把小肚皮撑得西瓜一样溜圆，特别是端午节那天中午。现在端午前后，也爱吃粽子。全国各地的读者、粉丝、企业家朋友寄来各种风味的粽子，有甜也有咸，馅五花八门，把全国的地方小吃都囊括了。

但我总觉得这些粽子没有当年那种黏糊糊的糯性，那种唇齿留香的美味，唯一不变的，是那种亘古不变的情怀，在生命中发挥作用，借助屈原纪念活动薪火相传，深入民族的骨髓之中，鲜活无比。

月 饼

有人爱山,有人爱水。我最喜欢的自然景观就是中秋夜的那轮明月了。皓月当空,思绪如潮。从穿袄裆裤的孩提时代到几近秃顶的中年,年年中秋夜都彻夜难眠,心情就像那夜被那轮明月牵引的钱塘江大潮,惊涛拍岸,卷起千堆雪。

小时候贪嘴好吃,对美丽多情的月亮没什么概念,也没有离乡背井,谈不上为赋新诗强说愁,只是盼着等着父母分发那美味月饼的那一刻。长大后,离乡背井,东奔西跑,感慨人生易逝,亲情友情乡情难舍,对着明月,想亲人,思人生,找定位,缠绵往事,比任何时候都要缱绻脆弱。

转眼又到中秋,陆续有粉丝和朋友从全国各地寄来各种风味的月饼。看着包装华丽的月饼,看着围着月饼转来转去,高兴得手舞足蹈的孩子,我的思绪穿越现实,回到了在江南度过的孩提时代!

那时候的月饼相对简单,没有现在这样五花八门,风味万千。那时的月饼皮是面粉,馅是白糖、红糖,讲究点,最外面沾数粒星星点点的芝麻,吃起来更加喷香。就是这种简单,却让人刻骨铭心地记忆——越是简单的东西,越让人记忆深刻,那种简单的美味是现在什么月饼都追赶不上的。

现在的月饼比拼的是馅,各种各样,有咸蛋,有腊肉,有果仁,有各种糖。那时候的月饼,唯一比拼的是大小,馅永远只有一种,那就是糖,是甜的——那时候最让人流连的味道就是糖的甜味了。小月饼只有鸡蛋横断面大小,一个一口,适合狼吞虎咽;大月饼一个一斤重,有大人两个巴掌合起来那么大,看着让人心里踏实;介于两者之间,有半斤,大人的一个巴掌大——这种月饼让人紧张,生怕分到自己手里,分量不够了。

过中秋,吃月饼是全国传统,是中华民族的传统,不受地域限制,也穿越了时空流传下来。据说月饼是拜祭月神的供品,象征花好月圆,是一种美好的愿景和祝福;是举头望明月,低头思故乡,每逢佳节倍思亲的最触景生情的时刻,那一刻,人的心最柔软,感情最脆弱也最情挚。触景生情,小时候没什么感觉;长大后,离乡背井,在别人的城市定居下来才有的,就像那坛窖藏的老酒,一年比一年浓郁。

小时候,吃月饼是中秋节的专利,平时是没有的,一年只有一次机会,那种吃叫"尝",难得有吃饱的时候。记忆中,大中小的月饼都吃过。大月饼,一般是两个,一家人分,用刀切成块,基本上均分,但有大有小,肉眼看得出来,小孩拿大份,大人拿小份。兄弟姐妹四人中,我是最小的男孩,妹是最小的女孩,我们俩总是被照顾,先挑。中的,一般一人一个,那是过得最奢侈的中秋节了,记忆中只有一两年如此。小的,一般是一人两个,当晚吃一个,另一个留着,揣在兜里,睡觉也要摸一摸,闻一闻——有时候,还真一觉醒来,月饼不见了,我们都知道是哥趁我们睡着了,偷吃了;但他一口否认,信誓旦旦地说他没偷吃,一定是老鼠偷吃了。无论是吃大中小,父母那份,在吃的时候,他们掰成两半,一半给自己,一半给我和妹,父亲那半块给妹,母亲那半块给我。

中秋夜吃月饼是有庄重的仪式感的,没有拜祭月亮之前,谁也不能吃。那晚,我们都特别兴奋,没有人提前上床睡觉。在村里德高望重的老人号召下,各家各户早就准备好了锣鼓铙钹,锅碗瓢盆,用来驱赶吃月亮的饕餮天狗。村庄上空弥漫着紧张焦虑的气氛。因为天狗要吃月,如果不努力驱赶,月亮被吃了,那就麻烦了,以后就没有月亮了,晚上就一团漆黑,伸手不见五指了。那时候,月亮很重要,晚上赶夜路,"双抢"干农活,我们孩子们在晒谷坪上追逐嬉戏,都要指望月亮发光呢!

那晚上，太阳从西边落下去，月亮就迫不及待地从东边升起来，特别大，特别圆，特别近，特别亲。月光下，简直可以读书识字做作业了；母亲和奶奶也在月亮下穿针引线，给我们缝补衣服。为不耽搁正事，那天的晚饭也是吃得格外早。由于过节，伙食也比平时好多了，有肉，有鱼，有蛋。在那时的农村，一年有四个至关重要的节日是讲究吃好点的，即元宵，清明，端午，中秋。吃完饭，我们就在焦躁不安中等候了。大约八九点钟，天边飘来几朵云，慢慢地靠向月亮，月亮渐渐地暗淡了下去。村民急了，领头的老人一声吆喝，大家倾巢而出，敲锣打鼓，撞击锅碗瓢盆，扯开喉咙，高声大气地喊叫，希望把准备吃月亮的天狗吓走。慢慢地看到天狗真吞月了，它囫囵地把月亮一点一点地吞了进去，月亮从满月到半月到残月，直到完全消失，天地完全暗淡下来，周围漆黑一片，大人沮丧，小孩伤心地啼哭。老人要我们不要灰心失望，更不要停下来，继续敲锣打鼓，大声喊叫。月亮越小，我们越急，叫得越凶。月亮完全消失那一刻，我们的喊叫声达到最高潮。我们捶胸顿足，声嘶力竭。也许，在我们努力下，天狗害怕了，月亮被一点点地吐出来，先是残月，再是半月，最后是满月，重新明晃晃地挂在天空中。我们喜极而泣，心中充满胜利的喜悦，村庄上空飘荡着欢呼声。

月亮得救，大家兴高采烈，打道回府，到父母那儿领赏。父母早就把餐桌长凳搬到了庭院中央，餐桌中间叠着三五个月饼。父母表情虔诚，嘴里念念有词，领着我们双手合十，对月就拜。拜完月，父母拿出菜刀，小心认真地把月饼切成均等的数份，尽量做到均匀——当然，完全均匀是不可能的。父母把最大的那块拿出来递给奶奶，然后按照年龄，小的先拿，大的后拿——其实，最先下手的，往往是哥哥，他早就瞅准了最大的那一块，其他人再按从小到大的顺序来。当然，拿在前面的也有可能拿小的，我一直就是这样，尽管心里想拿大的，落实到行动上，我往往拿了最小的，这种谦让，也是父母格外偏爱我的一个原因。

吃月饼，有人狼吞虎咽，有人细嚼慢咽。我是属于后者，慢慢品味。分到自己头上的那块三指宽的月饼，要吃一个晚上，也有可能留一小部分到第二天。虽然只是芝麻、面粉和糖——面粉很厚实，糖只有中间夹着薄薄的一层。就这样简单的东西，味道却让人念念不忘，至今想起来，仍然涎水流淌——很奇怪的是，客观地讲，现在的月饼味道要比当年好多了，我却是没有食欲，每到中秋，只是象征性地、仪式性地吃上一个——现在很少见到以前那种大月饼了。那时候家里穷，父母很少自己掏钱买月饼，都是别人送的。奶奶岁数大，辈分高，过年过节之前，总有女婿、外甥之类的亲人拎着两斤肉和所属节日的特殊礼物来看她。这种特殊礼物，元宵节是元宵，端午节是粽子，中秋节是月饼。所以，尽管穷，中秋吃月饼是没间断过的，只是多少而已。

同村有一个表姨，是父亲和母亲的红娘；表姨父是村支书，家境比我们好，从我十二岁那年开始，他们家开商店了，中秋前卖月饼。他们夫妇对我们家四个孩子格外关照，中秋节前一天，总要安排他们的儿子给我们送来四个月饼，兄弟姐妹四人，一人一个。他们给的月饼，最大的一斤，最小的半斤，让我们不用为中秋吃月饼发愁。

出于对表姨夫妇的感恩，长大后，每年回家过年，我们都要给他们拜年，在他们家吃上一顿饭，就像在自己家一样。每次回家，也给表姨夫妇一些零花钱用。他们接钱的时候，很感动，觉得我们格外亲，格外好，逢人就夸。他们夸我们，我们很尴尬。其实，我们只是回报而已。人生在世，种瓜得瓜，种豆得豆，有他们对我们好在先，才有我们对他们回报在后，他们才是真的好，在我们最困难的时候伸出援助之手，雪中送炭，让我们一辈子铭记和感恩。

淳朴善良的农村人就是这样，他们总是惦记着别人对自己的好，而忘记了自己对别人的好。

流逝的岁月太无情，十多年前带走了奶奶，几年前先后带走了表姨夫妇。但每年中秋，我都想起他们，想起小时候吃过的月饼。奶奶去世前，无病，但吃不下饭，她很着急，九十六岁了，还觉得没活够——那时候，生活刚有点好转。表姨夫妇都是由于胃癌去世的，是长期吃不饱，空着肚子落下的病。这病说明，当年表姨一家，在村人眼里看起来很风光，其实，日子过得并不像我们想象中那样美好，忍饥挨饿是经常的事儿。

当然，中秋那夜，我们睡不着，还与一个美丽的传说有关。据说，住在月亮广寒宫的仙女嫦娥是中国最漂亮的女人，她有着月亮一样漂亮的脸庞。嫦娥到底美到什么程度，我们只是听说，没有亲眼见过，只能凭空想象。从《嫦娥奔月》的小人书中，我们知道，那优美线条描画出来的嫦娥姐姐确实非同一般的漂亮。那一夜，我们做梦都希望，长大后，能碰到一个像嫦娥姐姐那样漂亮的女人，与她结婚生子，红袖添香，缠绵悱恻，才不虚度此生。

第二辑

那年那动物

与我同龄的儿时宠物灰鸡婆

女儿喜欢动物,做梦都想养宠物。养过一对鹦鹉,结果一只拉稀,病死了;一只趁她打开笼门那一刻,飞走了。一死一逃,女儿都哭得稀里哗啦,悲恸欲绝。现在家里小玻璃缸里还有三条小金鱼,鱼们成天无所事事,在狭窄的空间,浅浅的深度里游来游去,等着喂食。水里的鱼根本无法满足女儿的欲望,她一边写着一本叫作《动物历险记》的儿童小说,一边缠着问我小时候有没有关系非同一般的动物伙伴,并要我讲讲这些动物的故事。

女儿这么一提醒,我想起了那只鸡,那只与我同龄的灰色老母鸡,全家都昵称它"灰鸡婆"。

在所有家禽中,灰鸡婆是陪伴我时间最长的,与我一起度过了婴幼儿时期,童年,少年,直到我十四岁那年,灰鸡婆才结束它那光辉漫长的一生。女儿告诉我,鸡一年相当于人十年,也就是说,灰鸡婆活了一百四十岁,可谓鸡界罕见的大寿星了。

大我两岁半的哥哥出生的时候,正是家庭如日中天的时候,父亲在水库工作,母亲是赤脚医生。等我出生,家道开始没落。父母亲都由于时代和家庭背景原因,回到了生产队,做了农民,靠集体出工,挣工分养活一家,吃了上顿没下顿。我一百天的时候,外婆家的母鸡孵出来一窝鸡崽,共十只,外婆就把那十只鸡崽放进一个笼子里,拎到我家来,说是给我的贺礼。外婆那人,与母亲一样,做事情,都能穿过眼前,深谋远虑,她的想法是,这些鸡崽与我一起成长,当我断奶的时候,鸡崽也长大了,可以下蛋,保证我在需要营养的成长岁月,不至于要啥没啥,不至于过于营养不良,影响长个。

我在茁壮成长,鸡们也在茁壮成长。到我半岁断奶,鸡崽已经长到快两斤了,雄的趾高气扬,开始打鸣调情了,雌的会下蛋了。第一只下蛋的,就是灰鸡婆。灰鸡婆的初蛋很小,比鸽蛋大一点。下蛋后,灰鸡婆用它特有的兴奋把这个喜讯告诉了母亲。母亲十分高兴,三步并作两步,把那个带着灰鸡婆体温的蛋捡起来,握在手心。母亲取来一个小碗,在碗里盛了一掬水,将蛋打在碗里,蘸点盐,用筷子搅匀,然后在饭开锅后,将碗放进饭锅里。饭熟了,鸡蛋羹也熟了。那是我人生第一次吃鸡蛋羹。后来母亲幸福地回忆说,那顿饭,小小的我吃得眉开眼笑,手舞足蹈,吃完后又哭又闹,缠着还要。

从那以后,每天我都能吃到一顿美味的鸡蛋羹。我在一天天长大,灰鸡婆也在一天天长大,下的蛋也一天比一天大。到我一岁多的时候,灰鸡婆已经长到四五斤重了,下的蛋与鸭蛋一样大。它也是那群鸡中,块头最大,下蛋最大、最频繁的。那十只鸡,有三只还没长大就夭折了;长大的,有三只公鸡,四只母鸡。母鸡是要留下来的,因为母鸡下蛋;公鸡是不能留那么多的,一般留一只,用来打鸣和交配——因为公鸡不下蛋,还要浪费粮食,当家里来贵客,或者过年过节的时候,公鸡就有可能要无私奉献自己的肉体了。那时候没有手表、闹钟,判断时间全靠村里此起彼伏的鸡叫声。有的人家,甚至一只公鸡都不留下,反正左邻右舍家里有公鸡。那时候,农村养鸡是散养,真正的走地鸡,清早放出去,天黑了自己回来。到了性成熟季节,公鸡追得母鸡满山遍野乱跑,逮着就交配,根本不分母鸡是自己家的,还是别人家的。

灰鸡婆很争气,一天一个蛋,很少有落下的。我在家排行老三,妹妹小我五岁多。所以,在相当长一段时间,灰鸡婆下的蛋,基本上是我一个人的专享,不用担心谁来跟我抢食。哥哥出生的时候,有肉吃,据父母说,一天保证半斤瘦肉,所以,小时候基础夯实了,后来哥哥长得牛高马大。我出生的时候,虽然家道没落,很难吃到肉了,但有灰鸡婆勤快下蛋,也奠定了一点儿营养基础,也长到了一米六多,勉强可以给世人一个交代。到我四五岁的时候,外婆当年送的那批鸡,要么因为天灾,要么因为人祸,都死翘翘了,就灰鸡婆硕果仅存了。

天灾是鸡瘟。那年月,村里的鸡每年夏天都要发瘟,死掉一大批。人祸是宰杀,尤其在过年过节,或者贵客临门的时候。母亲很好客,只要客人来了,没钱买鱼买肉,就杀鸡,特别是哥哥姐姐的同学——后来对我的同学也一样。宰哪只不宰哪只,母亲只有一个评判标准,那就是会不会下蛋。所以,灰鸡婆因为下蛋有功,一次又一次地躲过了生死劫。

在我记忆中,家里养了很多鸡,很多都是灰鸡婆的子孙辈,是灰鸡婆孵出来的,或者灰鸡婆的女儿孵出来的——灰鸡婆的寿命比很多子孙都长。甜蜜的日子总是过得太快,但总有结束的时候。我三四岁,就只能偶尔吃到灰鸡婆的蛋了。那时候,鸡蛋要攒起来,拿到集市上卖,换回油盐酱醋,针线扣梳。这个时候的灰鸡婆,长得像一只鹅了,有七八斤重,下的蛋很大,鹅蛋一样,相当于其他鸡蛋的两三个大小;也下得很频密,几乎天天有。灰鸡婆的屁眼因为下多了蛋,十分宽大松弛。它下蛋,已经不费吹灰之力了,要下蛋了，匆匆赶往鸡窝，在那儿一蹲，不到两分钟就出来了，咯咯咯地报着喜，高高兴兴地觅食去了。每年的端午、中秋和生日，都有蛋吃。灰鸡婆的蛋大，谁生日谁吃灰鸡婆的蛋。但端午和中秋，因为我小，灰鸡婆的蛋就是我的，没得商量。六岁的时候，在村中心小学读书了。母亲说，灰鸡婆就交给你了，你好好照顾它，你的学费以后就靠它了。

记得那个时候的学费，一年级每学期两块钱，二年级三块钱，三年级四块钱，四年级五块钱，五年级六块钱——当时小学还没六年级。这对我来说，是一种责任，也是一股动力。我每天追着灰鸡婆，捉虫喂它，它一下蛋，我就把蛋从鸡窝捧出来，放到一个罐子里，储存起来，到一定数量了，就交给母亲拿到镇上卖。那个时候，鸡蛋买卖都按个数，不论斤两。一个鸡蛋五分钱。灰鸡婆下的蛋实在太大，在一堆鸡蛋中十分醒目。整个镇上，只有灰鸡婆的蛋是例外的，可以卖到一毛钱，相当于两个普通鸡蛋，但买卖双方都明白，其实灰鸡婆的蛋远不止两个普通鸡蛋大小。尽管顾客买时唠唠叨叨，讨价还价地说八分钱。但母亲不松口，顾客还是表面唠叨，内心高兴地将灰鸡婆的蛋买走了。

靠着灰鸡婆下的蛋，我顺利读完了五年小学。升初中那年暑假，灰鸡婆遭遇了不幸。它带着一群刚孵化出来的小鸡在马路边觅食，一辆拖拉机突突突地开过来。不谙世事的小鸡，依旧三三两两地在马路上嬉戏。灰鸡婆急了，一边咯咯咯地叫唤着,一边扇动翅膀,拼命奔跑,把小鸡赶往路边避险。结果,灰鸡婆被拖拉机撞了,断了一条腿。灰鸡婆拖着那条断腿回到家,我们才发现,它受伤了。

当天晚上,父母就如何处置灰鸡婆,吵了一架。父亲说,受这么重的伤,过两天肯定要死的,与其让它死了,不如明天宰了,吃个新鲜。母亲不同意,说灰鸡婆没伤到要害,会挺过去的。我哭了,坚决不同意杀了灰鸡婆。父亲拗不过,只得同意我和母亲的意见。当天晚上,我给母亲掌着煤油灯,把灰鸡婆从鸡笼里捉了出来,母亲给灰鸡婆擦了点紫药水,做了简单包扎。灰鸡婆没有辜负我和母亲的期望,几天后,它伤好了,可以四处走动了。只不过,留下了后遗症,那条腿瘸了,走起路来,一瘸一瘸的,很不雅观。值得庆幸的是,这并没有影响灰鸡婆下蛋,它仍然殷勤地下蛋,下的蛋依旧鹅蛋一样大小。

与人一样,动物都有生老病死,这种自然规律,谁都不可避免。灰鸡婆最后还是没能逃过被宰杀的命运。初二那年,灰鸡婆十四岁了,老态龙钟,身上的毛开始掉,掉后不再像年轻时候那样又可以长出来了,渐渐地体毛稀疏,皮肉清晰可见。那一年,年景不好,先是春末夏初的洪灾,后是夏末秋初的旱灾,庄稼收成大打折扣,人都吃不饱,就更没有余粮来喂鸡鸭了。进入冬天,野外也没有虫子可找了。块头大、胃口大的灰鸡婆成了父亲的眼中钉——一只灰鸡婆要吃掉两三只鸡的粮食。偏偏由于年纪大了的缘故，灰鸡婆在那个冬天不下蛋了。从收割完庄稼那天开始，父亲就一直唠叨着要把灰鸡婆宰掉，一家人饱餐一顿。母亲很是不舍，觉得数十年饲养的家禽中，灰鸡婆对家庭所做的贡献最大，也对灰鸡婆怀有侥幸，希望奇迹出现。母亲说，再等等吧，看看它还下不下蛋。

很快就到过年了，灰鸡婆并没有像母亲期待的那样下蛋，哪怕是偶尔一两个。母亲再没理由阻止父亲宰杀灰鸡婆。大年那天清早，父亲把我和母亲支出去磨豆腐。上午等我们回到家里，灰鸡婆已经被父亲宰了，毛也被拔光了。灰鸡婆静静地躺在砧板上，占据了满满的一砧板。灰鸡婆那只瘸了的腿想努力伸直，但仍然弯着。看着灰鸡婆肥胖的遗体，我的泪一下子涌了出来。

灰鸡婆被肢解后，鸡肉炖了满满一锅。但那天，我的鼻子一直是酸的，闻不到鸡肉的香味。从下午开始，到晚上年夜饭之前，一只柴火灶就一直在炖灰鸡婆。家里穷，灰鸡婆很大，那个年夜饭，父母没有准备其他菜。那只灰鸡婆的肉，足足盛了四大菜碗——那时候，农村的菜碗很大，与水浒英雄聚义厅上盛肉的大碗一样大。

那次年夜饭，气氛很沉闷，全家人迟迟没有动筷子。过年没有喜庆不行，母亲强颜欢笑，给四个孩子夹了鸡腿和鸡翅，我和妹妹是鸡腿，哥姐是鸡翅。在父母一再催促下，我们把鸡肉塞进嘴里。由于寿命实在太长，灰鸡婆的肉老化了，硬邦邦的，根本就嚼不动。那四碗鸡肉，基本上留在那儿，没有人动。每个人都往饭里倒了一些鸡汤，把饭匆匆吃了。

当然，那年岁，总有勇士，何况是吃鸡肉，一年难得吃上一回的鸡肉！初三初四，表兄弟过来拜年，每餐母亲都端出两碗鸡肉，就这样，那四碗鸡肉还是被吃掉了。

但那只灰鸡婆，一直在我记忆中，就像故乡的一位一起长大的童年伙伴，就像一位曾经同舟共济的亲人，构成我关于故乡回忆的一个重要部分，让我在三十多年后的今天，在千里之外的北京，清楚地将它想起！

泪眼蒙眬中，那只肥硕的灰鸡婆，正在一瘸一瘸地向我走来。

生产队的那群鸭

从出生到小学三年级,贴心小棉袄最喜欢的两首儿歌都与鸭子有关。一首是"生产队里养了一群小鸭子,我每天早晨赶着它们到池塘里",一首是"门前大桥下,游过一群鸭,快来快来数一数,二四六七八"。

只要听到这两首歌,她就兴奋,从咿呀学语时的手舞足蹈,到蹒跚学步后的跟唱,到现在老憧憬着要喂两只可爱的小鸭子——两年前,在乡下老家,她自己掏钱给爷爷奶奶买了十只小鸭,嘱咐他们要好好喂养,就像妈妈把自己的子女托付给别人似的。在她眼里,我的童年才幸福,有鸭子喂养,她的童年愁云惨雾,连只可亲可爱的小鸭子都没有。

见过小鸭子的人,都不会否认,小鸭子是世界上最可爱的小动物,乳臭未干的嘴,嘴沿带点嫩嫩的黄,毛茸茸的，金黄透亮，憨态可掬，也不怕人，喜欢傻傻地跟着你，即使被你捉住，托在手心，也很享受地看着你，信任你，没有一点儿陌生和害怕的样子——人与动物的距离，在那一刻等于零，动物与人的边界和敌意，是在动物长大后才慢慢地有的。

很多人都不知道，道貌岸然、激扬文字的我，曾经做过生产队里的"放鸭倌"，真要"每天早晨赶着它们到池塘里"。唯一与歌词不同的，是鸭们去的地方。鸭们不是去池塘——冬天了才例外到池塘待会儿，鸭们去的是离村一两里路的小河。池塘是不允许大批鸭子翻江倒海的，因为池塘的主要功能不是用来养鸭，而是用来养鱼。鸭捉鱼很厉害，是鱼的天敌。成群的鸭在池塘里，容易把鱼追得鸡飞狗跳，无处藏身，最后成为鸭们舌尖上的美味，尤其是池塘里那些不谙世事，正在生长的鱼苗。那时候的池塘，还要承担很多生活性附加功能，用来洗澡、洗衣甚至洗菜。鸭屎很臭，鸭子多了，容易把塘岸和池水弄脏。

只有离村的小河，才是鸭们的乐土和天堂。水是流动的，鸭拉完屎就被冲走了，不留下任何痕迹，闻不到一丝异味，真的是"流水不腐"。鱼是野生的，鸭们爱怎么吃就怎么吃，吃多吃少全凭本事，不用被驱赶，也不用担心别人的目光。

鸭子最喜欢水，只要待在水里，就转悠半天不上岸。哪天没下水，它们就格外难受。我想，鸭离开水的感觉，跟人坐在牢里，失去自由，没什么区别。当然，稻田更不能去，吃了稻谷，糟蹋了庄稼，在生产队里是要扣工分的，后为包产到户了，是要赔庄稼的——也有不要你赔的，但你的鸭子进了别人的稻田，是有可能被打死的。我家曾经养有七八只鸭，一不留神，就钻进别人的稻田里了，结果被稻田主人打得死伤大半，还理亏了，不能争辩，只能赔不是，一气之下，父亲把鸭全宰了，从此没再养鸭。

在分田到户前两年，生产队确实有一群鸭，有将近一百只。那群鸭，早出晚归，浩浩荡荡，占满一段马路，叫声沸腾，蔚为壮观。鸭们扭动着肥胖的身躯，可爱极了。我觉得在那个人都吃不饱的年代，唯一能够吃饱的就是鸭子了。江南不缺水，更不缺鱼。只要在水里待着，一天下来，一只鸭总能捉到三五条鱼，把自己喂得饱饱的，那个胃囊鼓鼓的，就像暴发户扎在腰间的钱袋子，走路的时候都快拖到地上了。

对门是个单身汉，一人吃饱，全家不饿。他跟我奶奶一个姓，我们就叫他舅。在生产队，其他家庭出工，有老有少，有夫妻，需要彼此照顾。舅一个人，很方便，生产队那群鸭就归他放养了。周日或暑假，他爱给我一颗纸包糖，把我叫上，跟他一起去放鸭。反正闲着也是闲着，父母没有其他杂事安排的日子，我就成了舅的小跟班，跟在他身后屁颠屁颠地赶着那群鸭。

放鸭要顶着朝霞出去，踩着晚霞回来，中午没饭吃，也不觉得饿。那时候，难得吃回饱饭，饿多了，就没什么感觉了。把鸭们赶到小河里，就不用我们管了，它们自己觅食，小鱼、螺蛳是鸭们的最爱。别看鸭子在地上憨厚，一副行动迟缓的模样，一到水里，就英雄有了用武之地，游得飞快，还能潜水，把鱼追得仓皇逃命。有时候，几只鸭扑闪着翅膀，凌波微步，兴奋地追逐着，那是它们碰到了大鱼，在团结合作，一起围猎。

每次出门，舅都要卷上一张草席，在河滩柳树下的空地上，把草席铺开，要么呼呼大睡，要么听收音机。我闲不住，喜欢下水，在河岸的石缝里摸鱼。石缝里有鱼有虾，有田螺螃蟹，时有收获。偶尔也有水蛇，扭动着身子，在水里游走，把你惊出一身冷汗。小鱼虾，捉住了，掐晕了，随手扔给鸭子。大鱼，捉住了，扯下一根长长的鱼腥草，从鱼鳃下往上穿过去，拴在一起。一天下来，有长长的一串，足有二三十条，晚上够一家人美美地吃上一顿了。摸鱼捉虾的时候，总有数只鸭子在身边游来游去，期待不劳而获——它们知道，主人捉鱼虾，也有它们的份。

当年的舅，四十来岁，正当壮年，如狼似虎的年纪。他是个单身汉，没有固定女人，最喜欢扯开喉咙唱当年江南乡下流行的黄色小调《十八摸》。没有人路过，舅就哼给自己听，在欲望流淌的歌声中满足自己；有人路过，尤其是女性，舅就大声地吼出来，生怕别人没听到，没听进去。姑娘们听了，低着头，红着脸，三步并作两步地走开了，有时候甚至是小跑，就像躲瘟疫一样。舅看着姑娘们的狼狈样，越发得意，歌声更高亢了。作为过来人的媳妇和中年妇女，见惯不怪，沉得住气，听到歌声，不紧不慢地走自己的路，没有羞怯的感觉。胆大的把脸扭向对岸，横眉冷对，瞪舅几眼，甚至骂他老不正经，注定没女人。舅也不恼，一边唱，一边搭讪，问下对方姓名，哪个村的。看得出来，也听得出来，那个时候，舅很有成就感，觉得自己的歌唱得好，也起了微妙作用。

放鸭子最大的乐趣就是捡蛋。吃饱喝足的鸭子，很容易把蛋下到水里。硕大的鸭蛋从鸭屁股出来，慢慢悠悠地沉到水底，落在鹅卵石上，沉淀在那里，也不破损。阳光照射下，鸭蛋白晃晃的，透过清澈的河水，看得清清楚楚。我很喜欢潜到水底，把蛋摸上来，交给舅，看着舅把鸭蛋装进布袋。那种感觉，好像那蛋不是鸭子下的，而是自己下的。鸭子是生产队的，蛋要交公。把鸭子赶回去的时候，顺便把蛋交给生产队会计或队长——也没人监督队长和会计是否将蛋充公了，那时候大家都信任他们，没人过问。

偶尔，中饭的时候，舅也会吩咐我捡来一堆枯枝，擦亮洋火，把柴点燃了，烧成灰，从布袋里掏出一个大鸭蛋，埋进热灰里,煨了给我吃——他自己从来舍不得吃。煨熟的鸭蛋很香,也带点腥味,味道好极了。每次我也掰开一半,递给舅,他用手撕下一点儿蛋白丢进嘴里,边尝边吐舌头,说真难吃——现在才知道,他不是嫌鸭蛋难吃,而是想让我多吃点。我吃蛋的时候,也分明听到他的肚子在咕咕叫,但他抽烟,一种作业纸卷的旱烟,用烟来掩饰肚子的反抗。

有时候,看到鸭子把蛋下到水里,当时故意不捡。等把鸭子赶回来后,偷偷叫上哥匆匆忙忙地赶往放鸭的地方找蛋。这一找,就有意外惊喜,本来故意不捡的蛋只有两三个,可认真找起来,往往超出期望,最多能找十多个,特别是水深的地方,看到隐隐约约的蛋影,潜水下去一摸就有,有时甚至有五六个。我们脱下外衣,把蛋兜起,扎好,以防别人看见,满载而归。这些蛋,是一笔不小的财富,可以改善家人生活,做菜吃,也可以悄悄拿到镇上赶集出售,换回自己所需要的笔墨纸砚、小人书,顺便买三五颗纸包糖,犒劳自己。

放鸭子,最怕的就是丢鸭子。丢了鸭子,要被处罚,少一只鸭,几天工分就没了,几天太阳就白晒了。丢鸭子的情况罕见,因为鸭子喜欢群居,听得懂主人命令,一声熟悉吆喝,鸭们就知道该干啥干啥了,很少有调皮捣蛋的鸭。记忆中,只丢过一次鸭,第二天去找,才发现是鸭死了,被黄鼠狼掏空了躯体,只剩下皮毛了,估计那鸭是中暑死了。

八十年代初，分田到户了。生产队有很多农具，在农具与鸭之间，很多人选择了农具，以为农具可以帮助他们种田挣钱，是做农民不可或缺的工具。那群鸭成了负担，要花时间看管，没人要。但舅啥都没要，就要了那群鸭，说是有感情了，离不得。当时有人笑他把鸭当婆娘了，以为他傻，舅也不生气。

没想到，舅才是最聪明的。那群鸭每天晚上下几十个蛋。这些蛋，舅要么拿到集市上卖，要么孵出来很多鸭仔，或自己养，或卖给别人——当然，舅也吃蛋，舅也送给我几只小鸭仔。这么一经营，舅的小日子过得风生水起，有蛋吃，有钱用，有新衣服穿，还把收音机换成了录音机。笑话他的人，这才醒悟过来，对他刮目相看，发现舅是最懂"鸭生蛋，蛋生鸭"的良性循环之道。

舅成为我们村最早解决温饱，奔上小康的，让人羡慕嫉妒恨。记得当年很多人都向他赊蛋，赊鸭仔，向他借钱，舅一时风光无限。

现在舅年纪大了，快八十岁了，头发胡子全白了，背也佝偻了。他一直没成家，现在是五保户，靠政府养活。舅没有大规模养鸭了，但他一直养着几只鸭，没有间断过，算是保留了那份养鸭的情怀。

每次回家看父母，舅都要闻讯过来，拎几个鸭蛋给我，说我小时候喜欢吃。他最爱对我唠叨那条小河已经成了臭水沟，不适合放鸭了。每次我也给他两三百块钱，算是买蛋，也算是对小时候帮过我的人的一种反哺之举。我收蛋，他接钱，我们都不推辞——这里面有一种岁月沉淀下来的心照不宣，理所当然。

那三只鹅

鹅算得上是中国人最早从书本上了解的动物了。背上书包，跨进校门，就是学习"初唐四杰"之一的骆宾王在七岁那年作的那首千古绝唱。

那首诗，是中国人最耳熟能详的了，几乎没有人背不出来。现在的学前教育，更是把这首诗的背诵年龄大大提前了。

"鹅，鹅，鹅，曲项向天歌。白毛浮绿水，红掌拨清波。"诗是写得真好，不到二十字，经过了上千年的检验。那只洁白可爱的鹅跃然纸上，栩栩如生，在字里行间引吭高歌，穿过历史的烟雨，向我们走来。

可是，这首诗只告诉人们鹅可爱的一面，没警示其凶悍的另一面。其实，鹅是一种很凶的家禽，比恶狗还凶，鹅的警惕性极高，攻击性极强，只可远观，不可亵玩。

　　说鹅比狗凶，并没有冤枉鹅。我见过成百上千只狗，没被攻击过，也不感到害怕；我只见过三只鹅，却被攻击过，到现在还心有余悸，这是我的亲身经历和感受；鹅攻击狗，是我亲眼所见。

　　小时候，村口有一口池塘，那池塘特别小，仅放养了三只鹅。那鹅是生产队的，我从记事起，就在池塘里了。那三只鹅硕大无朋，成天无所事事地浮在水面。池塘边有一个亭子，亭子有凳，供来往过客乘凉。

　　但那个亭子几乎是被闲置的，就是因为那三只鹅。那亭子和池塘，都是鹅的领地。无论谁，从那儿经过，脚步声打扰了鹅们的兴致或睡眠，就要被其视为公敌，立马被攻击。鹅们竖起洁白的鹅毛，昂昂地高叫着，声势浩大，脸红脖子粗，向侵犯者追来。鹅们很团结，往往把人和其他动物追得落荒而逃。

　　邻居家的黑狗跟那三只鹅干了一大架。黑狗身材高大，气势威猛，平时很凶，见了生人就汪汪汪地吠个不停，还要追出一段距离。就是这么一条狗，却栽在了那三只鹅手里，被治得服服帖帖，落下严重的心里阴影，从此看见那三只鹅就要绕开走。

　　那个夏天，黑狗不晓得从那儿捡来一块骨头，它来到亭子边，坐下来，津津有味地啃起来。鹅们很快就注意到了黑狗，上得岸来，一拥而上，把黑狗团团围住。当初黑狗只顾自己啃骨头，没有在意，也没把鹅当回事。当黑狗省悟过来，已经四面楚歌，逃无可逃了，只得仓皇应战。那场架打得惊天动地。那三只鹅扑闪着翅膀，身子前倾，脚不沾地，伸出长脖，不停地用有力的喙啄在狗的脸上。在鹅们的攻击下，黑狗没有还手之力，只顾哀吠，虚张声势。抵挡一阵后，黑狗难以招架，败下阵来，拖着受伤的身和心，狼狈地逃了，就连那根美味的骨头都顾不上了。见狗逃走，鹅们还不依不饶，追出老远，才踅回来。

如果你认为，人比鹅强壮，比鹅聪明，干得过，不用怕，那就大错特错了。那三只鹅，连大人都不怕，都要分出胜负高低来。只要那三只鹅一发威，大人也远远地躲开了。我九岁那年，一个人从亭子边路过，没想到惊动了池塘边的鹅。它们不由分说，一边兴奋地叫着，一边扑过来，把我围住，一只攻我下三路，扯我裤脚，啄我脚指头；一只攻我上三路，往我脸上凸出的地方啄；一只攻我中路，啄我的手和胸腹。它们扑闪着翅膀，脚踢喙咬，我根本没有反抗余力，摔倒在地，手足无措，号啕大哭。鹅们更得意了，三只长喙在我身上扯来扯去，啄来啄去，我被啄得鼻青脸肿，鼻血长流。直到大人闻讯过来，操起一根长棍，假打真吓，把鹅赶走，才结束这场闹剧。那一刻，在鹅眼里，我成了一条鱼，可以做食物吃。

见我被那三只鹅修理，年轻的父母很生气，非要宰了它们不可。生产队队长晚上到我家来道歉，带了三个鹅蛋作为赔偿。那三个鹅蛋硕大，就像三枚橄榄球，捧一个在手心，沉甸甸的，感觉很爽。见了鹅蛋，我好了伤疤忘了疼，破涕为笑了。父亲这才作罢，不再提宰鹅的事。那三个鹅蛋，一个放在灶火里煨了给我一个人吃，算是补偿；其他两只，用辣椒炒了，做菜了，一个鹅蛋全家吃一餐。那个煨熟的鹅蛋，吃得我肚皮滚圆，难得地饱上一回，晚饭都省了。

一朝被蛇咬，十年怕井绳。从那以后，我心里留下阴影，对鹅，真没什么好感，鹅肉都不想吃。真正品尝到鹅肉的美味，是在大学毕业后，到广东惠州工作。惠州别名鹅城，惠州人民对鹅情有独钟，爱养鹅，更爱吃鹅肉，堪称吃鹅成风，嗜鹅如命，到酒店吃饭，必点鹅。吃多了，慢慢地发现鹅肉的美味和好处，与鸡鸭相比，鹅肉有独特魅力。鹅肉性平、味甘，可以预防慢性病，补虚益气，暖胃生津，化痰解毒，提振食欲。后来，慢慢地知道了各种吃鹅的方法，数都数不过来。

鹅身上最好吃的，不是鹅肉，是鹅肠和鹅肝。在惠州饭店吃饭，这两样是我每次必点，感觉这个世上再没有如此美味的食物了。这不是我一个人的口味，西方人也喜欢。欧洲人将鹅肝与鱼子酱、松露并称为"世界三大珍馐"。两年前，到欧洲旅游，在匈牙利，接待方请我品尝皇家秘制鹅肝，据说是秘密工艺，绝世美味，都成世界文化遗产了。晚上的菜就是一个完整的鹅肝，盘踞在盘里，把盘都占满了，估计有一斤以上，其他都是西式糕点。边优雅地品鹅肝，边用心地听皇家乐队的专门演奏。但我那盘鹅肝，我吃得少，剩得多，不是斯文，不是害羞，不是不喜欢吃，而是味道太重，咸得难以下咽，远不及国内卤鹅肝美味。

不知道其他朋友在匈牙利吃那道皇家秘制鹅肝是什么感受，我是大失所望的。也许，做鹅肝放那么多盐，是一种手艺传承。发明这道菜的古代，鹅很稀少，鹅肝更珍贵，一家子人都在盯着那份鹅肝。为让见者有份，就不得不多放盐了。但这做法一直没有改良，流传至今，就像湖南乡下农村腌腊肉。当年腌腊肉放很多盐，是因为猪肉贵，稀缺。现在腌腊肉，还是放很多盐，除了保鲜作用，更重要的还是工艺和习惯传承。但很多地方与时俱进，根据口味变化做了改良。这或许是中国人厉害的地方：既懂得继承，又推陈出新，不断适应形势，做出改变。

那年那狗

我们这一辈,在广阔天地的农村长大的孩子,很多人都养过狗,我也不例外。

我养的那只狗,胖乎乎的,毛茸茸的,眼睛贼亮贼亮,浑身上下一片金黄,就像披了一片金秋的稻田在身上。这种颜色成为全家人给它取名的一致依据,我们都昵称它"小黄"。

女儿没有见过小黄,为给她一个直观印象,我告诉她,小黄长得像极了小时候的狮子王辛巴。这个比喻,让女儿对小黄的理解和喜爱多添了三分,她也憧憬有朝一日养一只小黄那样的狗。

狗就是狗,狮子就是狮子。用辛巴来比喻小黄,不是抬举小黄,也不是贬低辛巴,而是在我小时候的眼里,小黄确实与辛巴这个角色一样聪明可爱。

在我六岁那年，父母为躲避计划生育，在一个月黑风高夜，逃到了江西永新三湾，就是那个举世闻名的革命老区三湾。二十世纪八十年代初，三湾还是地广人稀，男少女多，劳动力缺乏，只要有力气，够勤快，就能养家糊口——革命年代传承下来的习惯，江西老表对湖南人也很有好感，一点儿也不排外。

那儿属于罗霄山脉，山高林密，资源丰富，山上长满茂盛的参天大树。靠山吃山，把树砍了，运出去，卖了，就能换回花花绿绿的钞票。很多广西和湖南的，来这儿卖苦力，帮东家砍送树木。天下农民想法都一样，有了钱，就要砌房子。砌房子的主要材料是砖、瓦、树木。

父母没有以砍树运树谋生，而是另辟蹊径，做起了打砖切瓦的师傅——这个本领是跟我二舅学的，他们一家也在那儿躲避计划生育。打砖需要蛮力，父亲带着表哥干；切瓦需要巧劲，母亲一个人干。把晒干了的砖瓦放进窑里烧制，砖瓦出窑，交给东家，就可以领钱了。一年两三窑砖瓦，能卖不少钱，够一家吃穿住用，也能有所节余，只是起早贪黑，全靠苦力，很辛苦。

养狗相当于多负担一个孩子的生活，父母先是反对，后来还是同意了。同意养一只狗，不是为了看家，而是为了走夜路方便。那时候，我们寄居在别人家，没有自己的房子，也没有家要看,值钱的都是钞票,在父母腰间拴着,但有两种情况的夜路是非走不可的。

一是谈生意。父母白天干活,晚上要到别人家谈生意,或者收钱。到处都是山,道路崎岖,晚上野兽多,发出各种怪叫,还有鬼火闪烁,怪吓人的,有一只狗在身边跟着,胆壮气粗,走起夜路来不害怕。

二是照泥鳅。江西是鱼米之乡,水田多,泥鳅黄鳝稠密。春末夏初,猫了一冬的泥鳅黄鳝出来活动了,尤其是晚上,喜欢跑出洞穴,躺在泥巴上晒月亮,乘凉,睡大觉。这个时候,是下手捉拿泥鳅黄鳝的最好时机。父亲喜欢带着表哥晚上出去照泥鳅。照泥鳅,用松枝点火照明,用钳子夹。进入睡眠的泥鳅黄鳝抓起来很容易。出去两三个小时,回来后,拴在腰间的竹篓沉甸甸的,足有半篓之多。照泥鳅经常碰到蛇,那地方,蛇特别多,也喜欢在晚上出来觅食,或者找一块空地乘凉。有个晚上,表哥一脚踩到蛇了,幸好穿的是高勒雨靴。蛇缠住了表哥的脚,把他当场吓傻了。镇定下来后,表哥悄悄地把脚从雨靴里抽出,一只脚光着,一只脚穿着雨靴,高一脚低一脚地逃了回来。吓得脸色惨白的表哥把遭遇给我们一讲,大家就觉得养狗刻不容缓了。

狗是人类的好朋友,嗅觉灵敏,又忠心护主,晚上走夜路,碰到情况,就会警觉狂吠,提醒主人,要多个心眼,注意安全了。

九岁那年秋天,二舅寄居的那个村庄,有人同意送我们一只狗。二舅把这个信息捎过来,我们高兴极了。星期天的早上,天刚刚亮,兄弟姐妹几个就起床了,翻山越岭,到十里路之外的二舅家牵狗。

上午十一点多,我们就到了二舅家。小狗已经在那儿了,它全身金黄,毛茸茸的,胖乎乎的,憨态可掬。看到我们,它仿佛知道我们就是它的新主人似的,晃动着小尾巴,在我们身边转来转去,闻闻嗅嗅,寸步不离。在看到小黄那一刻,我就喜欢上它了,那顿中饭都没吃好,一直在逗它玩,把外婆、二舅、舅妈夹给我的肉菜都让给了小黄。

放下饭碗,我们就迫不及待地带着小黄往家赶。路很远,如果在天黑前赶不到家,就会让父母担心。走出村口,我们就忍不住了,把小黄抱了起来。小黄很乖地躺在我们怀里,用它那对清澈得没有一点儿设防的眼睛看着我们。抱着小黄,能清楚地感受到小黄的柔软和体温。我们争着轮流地抱着小黄,都舍不得放它下来。傍晚时分,我们回到家里,小黄就正式成为我们家的一员。

我和哥哥找来一个硬纸盒,里面堆放了一些柔软的干茅草,给小黄做了一个温暖的窝。小黄对这个窝很满意,乖巧地躺了进去,蜷缩着腿,很快就进入了梦乡。以后,小黄没事了就躺进那个窝里,就像我们在外面玩累了就回家一样。

有苗不愁长。小黄长得很快,也很认人,尽职尽忠,与一家人打得火热。晚上,只要有人出门,要走夜路,叫一声小黄,小黄就一跃而起,跟着出门了。有了小黄,走夜路就安全多了,胆子也壮多了,在家里的人也放心多了。

出门后,小黄很活跃,它边走边嗅,在前面开路。田间小路,路很窄,两边长满茅草,时有蛇蜷曲着,盘踞在路上。有小黄开路,蛇都被小黄弄醒,吓跑了。三湾那地方,当年发生过多次战争,几次反围剿的主战场都在那儿。风吹日晒雨淋,白森森的骨头就露了出来,怪吓人的,也有鬼火闪烁,忽明忽灭,还有各种野兽和鸟在叫,在夜空里,让人头皮发麻,腿脚发软。但有小黄陪着,走起夜路来,胆很壮,也很安全。

半年后,小黄已经成为狗中英俊的小伙子了,长得十分威武雄壮。傍晚,我们在外面玩,饭熟了,母亲叫我们吃饭,都是让小黄来找的。母亲一声吩咐,小黄就像离弦的箭,片刻工夫,就来到我们身边,咬着我们的裤管,拖着我们往回走。父母都说,那狗聪明,简直神了。

好景不长,在我十岁那年,农村开始改革开放,实行家庭联产承包责任制,分田到户。超生的妹妹也大了,五岁了。超生的事,也被家乡的计生干部慢慢淡忘,我们要迁回湖南老家。火车上不让带狗,只有想办法处理了小黄。在回湖南之前,我们找了几户人家,想把小黄送人。但小黄不接受,上午把它送出去,中午就溜回来了。有时候,新东家用绳子把小黄拴着，小黄也是咬断绳子，赶回来了——别人根本就带不熟它，小黄只认我们。

实在没办法了，父亲和表哥说，把小黄宰了，吃了吧——其实，我们也明白，当地人喜欢吃狗肉，即使我们把小黄送人了，等我们一走，小黄也会被人宰了吃掉。父亲和表哥的提议，得到了大部分家人的同意，毕竟那年月，吃顿狗肉也是很奢侈的，把小黄宰了，也是没办法。

就在回湖南老家的前三天，趁我们还在学校上课的时候，父亲和表哥把小黄宰杀了。晚上，我们放学回去，没看到小黄，还以为它在外面玩呢。那晚的菜很丰盛，有一大锅肉，味道也很好。吃的时候，父母也没告诉我们是啥。啃骨头的时候，我故意没啃干净，留了一点儿肉在上面，准备给小黄吃。那天，这个做法被父亲狠狠地骂了一顿，说是浪费，败家子——在此之前，我这样做，父亲是从不骂我的！

那个晚上，小黄一夜没有回来；我一直在床上辗转反侧，惦记着小黄，无法入睡。第二天，一起床，我就问母亲，小黄呢？母亲答复说，送人了。第三天，就要回湖南了，出发前，我再问母亲，小黄呢？送谁了？我去看看。母亲不好意思再骗我，眼睛一红，低下头说，杀了，吃了。

我这才明白，原来大前天晚上吃的肉，就是小黄的肉，小黄被父亲杀了，它的肉被我们吃了，我的眼泪一下就出来了，忍不住号啕大哭。

我没有看到小黄被宰杀的惨烈场面。回到湖南后,父母数次回忆说,在被宰杀前,小黄已经意识到了自己的下场,它没有挣扎,也没有反抗,只是乖乖地趴在地上,可怜巴巴地望着父亲,两行热泪从小黄的眼睛里流了下来!

为减轻小黄的痛苦,父亲扬起锄头,狠狠地、精准地敲在小黄头上,小黄没哼一声就死了。每当讲起这个血腥场景,父亲就充满内疚。

我们兄弟姐妹长大成人,离开农村后,老家就只剩下父母两个老人了。后来,父亲还养过一条狗,也是黄色的,也把它叫小黄。对那条狗,父亲很温柔,像是在赎罪。

但我不喜欢这条狗,它对我也没有感情,我回老家看望父母,它总喜欢对我凶巴巴地不停叫唤,如果不是有父亲呵斥,它就可能要咬我的——这条狗从来没把我当家人,这让人触景生情,有了易安居士"物是人非事事休,欲语泪双流"的悲切。

不过,从小黄后,我就不吃狗肉了,直到现在。在所有动物肉中,我最不愿意吃的就是狗肉了,尽管我知道,狗肉味道不错。

那年那猪

相当长的一段时间，我家都养过猪。我是养猪的参与者和受惠者：扯猪草，喂猪；猪被宰杀后，吃猪肉，拿着卖猪的钱交学费，上学。没有那些猪，就不会有我后来的远大前程和现在的锦绣文章。这不是在危言耸听。

那年月，在农村，没有什么收入来源，收入主要靠养猪。一年到头，一家不养一两头猪，就经济拮据，日子难熬了。家里大一点的花费，农药化肥，学费看病，添置家具，红白喜事，都指望着那头猪呢。

没有分田到户之前，是不允许私人养猪的，只有生产队集体养着五六头猪，用来宰杀分肉过年的。当然，也有个别权贵家庭养猪，如村支书、村主任、生产队长、会计，他们也是偷偷摸摸的，不敢声张，更不敢多养，一般一家就养一头。

八十年代初，分田到户了，养猪就进入寻常百姓家，开始流行起来，家家户户都有了。我家也赶了这个时髦，第一年冬天，省吃俭用，父母在屋后的空地上砌了三间低矮的泥土房做猪舍；第二年春天，父母就从集市上买回来两头黑白相间的小猪崽，从那以后，给猪喂食就成为家庭日常生活中的头等大事。那时候，人饿一餐两餐没事，猪被饿着了，父亲是要发脾气骂人的。

那时候养猪，成本主要在买猪崽上，其他只要投入人力就行了，因为猪只吃烂菜叶和猪草，这些猪食田间地头到处都是，分文不值。养猪了，就可以变废为宝，将烂菜、猪草和孩子们的人力变成五颜六色的钞票，成为一家一年到头最不可或缺的收入来源。

当然，殷实之家，给猪喂食，除了菜叶、猪草，还有剩饭剩菜。我们家，人都吃不饱，就只能给猪吃烂菜叶、猪草了——当然，也放些碾米剩下的碎米和谷糠。碎米是做不成饭的，只能给猪吃。

养了猪，我们就有干不完的活了，业余时间全派上了用场。下午从学校回来，第一件事就是放下书包，挎上竹篮，到田间地头扯猪草。在天黑之前，我们要扯上满满两篮子猪草。猪草是长在田野上的鲜嫩的野草和野菜。四个孩子分成两组，我和姐姐，哥哥和妹妹，你追我赶，互相竞赛。往往我和姐的篮子是满的，哥和妹的篮子是勉强满的，有时候也只有一半。偶尔，他们的篮子也满了，上面是猪草，下面是草籽。草籽是农民种植的一种用来做肥料的植物，用来给来年春天肥田。那时候，田野里长满丰茂的、青翠的草籽，绿油油一片，一眼望不到头，随风波浪一样此起彼伏。很多扯猪草的孩子，就在草籽地上躺着，晒着冬天温暖的阳光，满地打着滚儿，夕阳西下了，匆匆忙忙扯几把草籽放在篮子里，赶回去交差——扯的当然不是自家地里的草籽，而是别人家的。

比父亲先一步从地里赶回来的母亲，点燃煤油灯，把猪草倒在一块偌大的古木砧板上，左手掐一大把，右手手起刀落，飞快地将猪草剁碎，然后放进柴火灶上那口最大的锅里，加水，加两瓢碎米和糠，我们就帮着生火，一边做晚饭，一边给猪煮食。

一家人吃完晚饭，正好喂猪。母亲用大勺把温暖的猪食盛进木桶，拎着前往猪舍，我们在前面掌灯照路。

猪们听到熟悉的脚步声，早早起身，在猪舍里哼哼唧唧，来回快乐焦急地走动。在见到我们，到猪食倒进猪槽那一刻，猪是最烦躁的，为了那口吃的，猪们已经急不可耐，都想干架了。只有在那一刻，我们才深刻地体会农村那句骂人话"你就是一头猪，只晓得吃了睡，睡了吃"的形象和深刻。猪食进槽，猪们就迫不及待地大口吞食起来，发出吧嗒吧嗒的声音，那声音很大，响彻村庄上空。猪进食的时候，母亲倚在猪舍门框上，看着饕餮的猪们，满脸幸福和憧憬——母亲看到的，不只是猪的吃相，而是在猪长大卖掉后，可以交学费，给子女换一个锦绣前程。

有食不愁长，吃了睡，睡了吃的猪，在疯狂长肉，八个月十个月就长到了两百多斤，可以宰杀或售卖了。那时候卖猪有两种，要么整只被猪贩子牵走；要么在过年前，趁市场行情好，宰了，卖猪肉。前一种省事，后一种麻烦，如果卖不掉的肉，就只能自己留着了，有点风险。

卖猪换回来的那叠厚厚的钞票，是要精打细算的，一部分用来给孩子交学费，一部分用来买农药化肥，一部分用来买新的猪崽，一部分用来添置新家具。这样下来，往往已经所剩无几。如果略有节余，可能还会给我们添一两件新衣裳，作为一年来辛苦扯猪草的奖赏。

整只猪被猪贩子牵走，没有风险，是父母最喜欢的交易方式。叫屠夫宰杀，有风险，其实风险也不大，过年前，家家户户要买肉准备过年，虽然日子紧巴，肉是非买不可的。但这种方式，对家庭来说，意义非凡，可以多留点肉过年，没卖掉的那部分，可以熏制成腊肉。腊肉香气扑鼻，用铁丝拴着，挂在柴火灶上空的横梁上，黑乎乎的，晃荡耀眼，生火的时候，一点一点地往下滴油，——腊肉味道比鲜肉更加美好。

母亲很会安排生活，往往一年喂两头猪，一头给猪贩子牵走；一头过年时宰杀，尽可能多留些猪肉过年。

第三年，母亲发现，养猪崽更赚钱，于是喂了一头黑母猪，那头黑母猪很长寿，在我家生活了十来年，后来没有生育能力了，才低价被人牵走。母猪一年生两窝崽，上半年一窝，下半年一窝，一窝有十来只。猪崽长得很快，四十多天就出栏了。在出栏前，村里很多人闻讯前来看猪崽，考察猪崽大小，会不会吃食（会吃才会长），把猪崽订了，还交了定金。客户捉猪崽，往往挑大的。同一窝猪崽，越大越会长。往往有钱的，关系好的，在村里地位高的，就早早过来，把大的猪崽订下来。剩下两头长得最小的，没人要，就我们自己家留着，精心喂养，到年底，照样也可以长到两百斤。

那时候养猪，只喂猪草，不放饲料，都把猪养得肥肥壮壮。没吃饲料的猪，肥肉多，把肉切开来，油嘟嘟的，闪闪发亮，格外香。肥肉炸油，那时候，农村做菜用猪油。炸完油的油渣，用青辣椒炒了，相当好吃，又脆又香；也可以放点豆豉剁辣椒，放在饭面上蒸，又香又柔软，特别下饭。现在的猪，都是喂饲料长大，尽是瘦肉。我到商场买肉，选肉时，尽量找那些肥肉多的。母亲说，肥肉多的猪肉，放的瘦肉精就少。

猪卖了，读书的钱有了，买年货的钱有了，做新衣服的钱有了，春耕买农药化肥的钱有了。有这头猪，真好，给全家解决了很多实际困难。

当然，也有不顺的时候，那就是猪瘟。发猪瘟了，我们都很紧张，提心吊胆。一有空就守在猪栏边，眼巴巴地望着病恹恹、有气无力、痛苦呻吟的猪，希望上帝保佑它挺过难关。如果猪胃口好了，食量大了，精神好了，那就甭提有多开心了，这意味着猪挺过来了。如果实在挺不过去，没有办法，只得在猪断气之前宰杀，将肉卖了，或者留下来，腌制成腊肉，自己吃。

发猪瘟了，猪没了，就像推倒了多米诺骨牌，给家庭带来一系列连锁反应：经济上捉襟见肘，交学费麻烦了，买农药化肥没钱了，庄稼收成受影响了，一年都在愁云惨雾中度过。但日子还是要过，勒紧裤带，能省则省，不能省的，就东挪西借。幸好，父母想得开，再怎么困难，都不会让我们辍学。所以，那时候，猪直接关系到我们的生活质量、幸福指数和命运前途。

到我们读完大学，参加工作，还完家里欠下的一屁股债，父母年纪也大了，力气接不上，家里就没喂猪了。不过，这两年，母亲又动了喂猪的念头，她说现在的猪，都是饲料喂养的，激素多，很想喂头猪，过年时宰杀，让我们带一部分猪肉回城，留一部分给我们做成腊肉。母亲的这个想法，被我们掐灭在摇篮中，她七十多岁了，父亲八十岁了，得快乐地安享晚年，喂猪那事儿，劳心费神，算了，我们多吃点猪肉，少吃点猪肉，都不影响生活质量。

但有时候也想，说不定哪天，我就放弃城里的工作，回到家乡养猪去——这还真是一个不错的主意。

那年那牛

小时候,我家有过一头牛,那是在上世纪八十年代初。

那是一头大水牛,头大,角大,块头大,类似影视作品中牛魔王幻化成人之前的模样。

一般的水牛,个大,脾气也大,动不动就撒丫狂奔,用角顶人——主人也难幸免。我家那头牛,温顺得就像一个没有脾气的奶奶,从来没有见过它发脾气。

至今都感觉十分遗憾的是,这头牛,我们甚至没有给它取名字。

在那时候的江南,牛是家庭财富的标志,富裕之家、权贵之家才有牛。可在我家,是完全反过来了,那头牛是生产队分的。分田到户那会儿,生产队开会,要把集体财产分掉。队里共有三头牛、六头猪,还有打稻机、风车等各种各样的农具。值钱的，如那六头猪、打稻机、风车以及三头牛中的其他两头，都被队长和会计，以及与他们亲近的有权有势的人瓜分了，稍微大一点的财富，就剩下那头牛了。

谁都知道，那头牛看起来是一笔巨大财富，其实一文不值。那牛已经快二十多年了，老态龙钟，已是风烛残年，平时放养还要搭上一个人工，极为不划算，大家唯恐分到这头牛，错过了生产队其他财产。

当然，生产队分财产，还有一个考虑因素，就是各家的人头。我们家人多，其他值钱的财产都分完了，这头看似很值钱的水牛理所当然地轮到我们家了。

父母都是老实人，不强势，在生产队也没什么话语权。我们家有七口人，虽然大家常说，人多力量大，但我家老的老，小的小，四个孩子，都还没长大，没到体现人多力量大的时候，在村里没有争到与人口相匹配的地位，是弱势群体。

那时候，在生产队，谁蛮横，谁就有话语权，谁就占便宜。比如生产队长和会计，都是恶人霸占着，队长是没文化的恶人，会计是有点文化的恶人。我们也是队长经常欺负的对象，他们千方百计地从生产队分给我们的财产中克扣一点，带回家去。

分田到户那次生产队大会上，终于轮到父亲表态了，大家都紧张地盯着他。父亲二话没说，他站起身，默默地走到那头水牛身边,把缰绳抓在了手里。那头牛眼眶深深地陷进去,瘦骨嶙峋,特别是支撑后腿的两块骨头,从臀部前部凸了出来,像一个尖尖的山坡。那牛望了父亲一眼,很识趣地跟在父亲身后,回家了。其实,如果那天父亲不牵那头牛,而是选择其他财富,有可能被反对,也有可能跟人打一架。

把牛牵回来,父亲把它拴在屋后的枣树上。家里有牛了,我们甭提多高兴了,大家围着它,左看看,右瞧瞧,越看越顺眼,越看越喜欢,毕竟那牛以后就是我们家的一员了,我们家也是第一次有了自己的牛。那天,我和哥帮牛驱赶身上的蚊虫,捕捉它身上的牛蚤,忙得不亦乐乎。

当然,牛的瘦,也深深地刺激着我们幼小的心灵。小时候,很多道理都不明白,都想当然地以为,那头牛那么瘦,就像我们一样,是没有东西吃,给饿坏的。也在心底暗暗下定决心:一定要放好牛,让牛吃饱喝足,让它胖起来,雄起来,牛起来。

从那头牛入伙那天起,照顾它,就成了我和哥哥的事;要牛干活的时候,才是父亲的事。放牛,我管早上,哥哥管下午。我起得早,每天清早,爬起床,拿起语文书,就到牛棚里牵上牛,到屋后的山坡上放牛。牛在山坡上吃草,我在山坡上朗读,课文背下来,牛也吃饱了,于是披一身金色阳光,牵着牛儿往回走。

那牛老实本分,就像我们家的人。山坡上有草,也有鲜嫩的庄稼。庄稼的味道要比草强多了。但那牛只吃它该吃的草，绝不动别人的庄稼。不像别的牛，老喜欢吃庄稼，只要稍不留神就奔庄稼去了，惹出很多是非来。当然，鲜嫩的庄稼比粗糙的草好吃，牛都明白这一点。但我们家那头牛从来不给主人带来麻烦。如果吃了庄稼，别人就会找上门来，向父母告状，并顺便索要一些东西作为赔偿，让贫困之家更雪上加霜。当然，放牛的孩子免不了要挨父亲一顿打，母亲一次训。

下午放学回来，牛就归哥哥放了，不过，我也常常被哥哥叫上，跟着他一起。下午有时间，可以走远点，一般都是翻过屋后的山，到了更远的山坡上。那山上有很多果树，桃梨橘枣。一到那儿，哥哥就把牛交给我，自己偷果子去了。偷来果子，为表彰我看牛有功，哥哥也会分我两三个块头小的，果皮上带着瑕疵的水果。放牛的时候，哥哥和我的想法不一样，有时候，他故意放纵牛偷吃两口鲜嫩青翠的庄稼。每次，我都提心吊胆地提醒哥，牛在吃别人的庄稼了。哥就会横我一眼，要我闭嘴，他呵斥说：牛也要改善伙食，过点好日子！我从小就怕哥，也不敢顶嘴，只是在心里祷告：千万别让庄稼的主人知道了。

山坡上有很多野葱，一茬一茬的，是炒鸡蛋的最好食材。牛吃草的时候，我们也没闲着，认真地寻觅着野葱，拔着野葱。夕阳西下，牛吃饱了，野葱也拔得差不多了，放在篮子角落,有厚厚一堆,足够做一大碗菜了。

有野葱,必须炒蛋。这让母亲很纠结。那年月,哪有那么多蛋呢?但母亲是个聪明人,有很高的生活智慧。野葱拿回来了,炒一次,母亲只打一个蛋,而且还是最小的那个蛋,这样一来,就可以既有味道,又细水长流了。七口人,一个小鸡蛋,只能看到细碎的蛋末,但能闻到特有野葱鸡蛋香。

两三个月后的一个下午,哥哥不知从哪儿得到消息,告诉我说,牛可以当马骑——估计是受到"牧童遥指杏花村"那篇课文上骑在牛背上的牧童的插图启发。这个消息让我们格外兴奋,都想试一试。哥哥要我牵着牛,爬了上去。牛果然没有拒绝哥哥,让他骑在自己的背上。骑在牛背上的哥哥威风凛凛,像一个横刀立马的大将军。

这个意外发现,让村里的孩子羡慕不已,家里有牛的都尝试去骑,可他们的牛压根儿不驯服,还差点被踩了,最后只有我们家的牛才让人骑。这个发现突然让我们兄弟俩格外吃香,很多小伙伴都巴结着我们,陪我们放牛,希望有机会骑会儿牛,这让我们很春风得意了一阵。

牛是聪明的,很认人。我和哥哥骑,只要对它说一声,拍一下,它就前膝跪地,弯下腰来,让我们骑上去,驮着我们走在田埂小道上。其他伙伴就没有这种待遇,有我和哥看着,牛要温顺一些;我和哥不在的时候,其他小伙伴骑,牛就要生气了,突然起身,小跑开了,把小伙伴吓得脸色苍白。但那头牛从来不吓我和哥哥，我们要骑了，它弯下腰，让我们上去；我们要下来了，它也弯下腰，让我们下来。

那牛的背很宽阔，我们叉开腿，骑在牛背上，稳稳当当的。早上，迎着晨曦出去；晚上，踩着夕阳归来，一派恬静的田园风光，仿佛走进了袁牧"牧童骑黄牛，歌声振林樾"的诗意中。

有享受就有意外。一次，我放牛归来，骑在牛背上，正优哉游哉，好不惬意。半路上，牛突然弯腰喝水。我猝不及防，从牛背上顺着牛脖子往下滑落下来，一头栽进了稻田，大腿被牛角戳得疼痛难耐，青紫一大块。

我摔倒，牛也吓傻了，愣在当场，看着我，不知所措。等我爬起来，牛用头抵着我的背，不停地摩擦着，像在给我安慰，又像在道歉认错。那一刻，我所有的怨气都烟消云散了。

那头牛分到我们家的时候，就已经是牛中的爷爷辈了。被我们家饲养了三年，身体是一年不如一年。但那三年，牛是日出而作，日落而息，参加春耕和"双抢"，忠实地履行着自己的责任，从不偷懒。只是上了年纪，干活有点儿慢。生产队其他两头牛，力气大，干活利索，但脾气也大，做多了，做烦了，就可能不听主人的，在稻田里发飙撒野，拖着犁，在稻田里一路狂奔，横冲直撞，有时候甚至把主人伤了。

第三年冬天，那头牛迎来了生命中的最后时刻。记忆中，那个冬天特别冷。接近过年的时候，牛躺在牛棚里，不吃不喝，喘着粗气，站起来都费力，一天比一天瘦下去。

父母在煤油灯下悲戚地说，这牛怕是挨不过这个冬天了，与其让它瘦得一点儿肉都没有，不如早点将它宰了，还能卖点儿钱。

那年小年那天下午，天阴阴的，天空中有雪花在飘落。隔壁村那个杀猪的来了。他和父亲一起，把牛牵到了村口的晒谷坪上，准备宰牛。一听说宰牛，村人都过来看热闹，把晒谷坪围得里三层外三层。

见这阵势，那牛知道自己大限将至，它没有反抗，也没有恐惧。在屠夫动手前，牛对着父亲，前膝着地，跪了下去，浑浊的眼里流出了两行眼泪。

在父母协助下，屠夫忙活了一个下午，才将那头牛肢解完。那牛实在太老了，肉质坚硬，卖不上价，只能以低于市价的一半出售，也没几个人买。但那牛还是不小，有数百斤重，能卖的卖了，不能卖的，自己留下一些，其他送给了左邻右舍。

我已经不记得那牛肉是什么味道了，只知道在相当长一段时间里，家里的主要菜肴都是牛肉，吃得全家都腻了。但好像我是没有动过那牛肉的，现在我也不怎么吃牛肉。看到牛肉，我总会想起我们家的那头牛来。

那年那窝荷兰猪

一双灵活转动的大眼睛,毛发艳丽光滑,憨态可掬,胆小如鼠,也长得像鼠。这是什么动物?估计很多人没见过,也不认识。我从农村来到城市之前却养过它,它就是荷兰猪,也叫豚鼠。

一看"荷兰猪"这个名字,就知道,它不是中国的原生态物种,而是从遥远的欧洲国家荷兰漂洋过海来的——其实,这种动物,最早也不是欧洲大陆原生的,而是在十三四世纪"舶"过去的,它的第一故乡在南美洲,是印第安人饲养的一种动物。一看"豚鼠"这个名字,就可以想象得到这种动物的长相和重量,与老鼠是有一拼的。

老鼠很恶心,恶心到人人喊打;豚鼠很可爱,头大脖子短,胖乎乎的,怯生生的。在中国词典中,豚是猪类的泛称。豚鼠，即这种动物既像猪一样，好饲养，又像鼠一样大小。据说，荷兰猪在野外已经绝迹灭踪，现在都是饲养的，一般被当作宠物养。从美洲初到欧洲，荷兰猪一下子就得到了上层贵妇人的青睐，以饲养一对为荣。

小时候，家里很穷，劳动力很缺，我们都在学校寄读，只有父母和瘫痪在床的奶奶在家，生活不易，根本没有时间和精力来养荷兰猪——当然，也不是将其作为宠物来养，压根儿没有那个闲情逸致。

其时已是上世纪八十年代末，我在读高中了。但家里穷得叮当响，因为读书的多，花费越来越大，入不敷出，也越来越穷，吃顿肉很不容易。高一的时候，我还是一副营养不良的样子，瘦得像竹竿，只有八十多斤。

周末回家了，尽可能改善我们的伙食，让我们吃上一顿饱饭，桌上有碗肉，就成为母亲一边辛勤劳作，一边苦心琢磨的一件事，何况再过两年多，我就要高三了，营养跟不上，怎么把学习搞好？能不能考上大学，是决定个人前途和家庭命运的大事，马虎不得。

任何事，只要用心了，就会有机会。高二那年，一个周末，我回到家里，看到堂屋角落，用泥土砖围起来的一个圈里，有一对老鼠大小的可爱动物，怯生生地看着我，远远地躲着。母亲很开心地告诉我，它们叫荷兰猪，是她从娘家一位亲戚家要过来的。那位亲戚有个女儿在城里工作，带回来两只,是对夫妻,不到半年工夫,已经下了一窝崽。那位亲戚告诉母亲,荷兰猪易养活,胃口好,不挑食,给点菜叶和草根就行,长得快,繁殖快,可以吃肉。于是母亲就厚着脸皮讨要了一对回来。母亲兴奋地说,再过两三个月,就有肉吃了。

两个月后,我果然见识了荷兰猪惊人彪悍的繁殖能力,它们已经由两只发展到十多只了,满满的一窝,吱吱吱地叫个不停,追逐着它们的母亲要奶吃。一对荷兰猪一年可以生下几十只下一代,长大了,如果不及时吃,那个窝就没有空间塞下它们了。

有了荷兰猪,每次回家,就不用操心只有萝卜青菜,没有肉吃了。父亲宰,母亲拔毛清洁烹饪,我们管吃。那时候,感觉荷兰猪永远杀不尽,吃不完,那个堂屋角落的窝里总有成群结队的荷兰猪在活动。

荷兰猪不大,一只只有一斤半到两斤半的样子,但足够我们开荤了。坦率地说,荷兰猪的肉并不好吃,有点腥,骨头也多,远比鸡鸭鱼肉逊色。但在那个年代,有点肉吃,就谢天谢地、感恩戴德了。

我最喜欢吃汤。荷兰猪很肥,油多,汤上面是一层厚厚的油脂。那年月,菜里没什么油,荒得不行。用汤拌饭,甭提多美味了。一顿饭下来,装荷兰猪的那个碗,早就干干净净,渣和汤都没有了。但最后放下碗的那个人,在放碗之前,把装肉的那个碗端起,再盛半勺饭,用筷子左右搅动,将沾在碗里的零星油水吸进米饭里,然后将饭扒进嘴里,细细地咀嚼,美美地品味,就像牛在美滋滋地反刍。

有肉吃了,就对那窝荷兰猪充满感激。每个周末回家,都不忘挎上竹篮,走出门,到田野里给荷兰猪找吃的,尽量拔那些鲜嫩的野菜。回来后,抓起野菜,一把把地丢进窝里,看着荷兰猪吃东西。由于不经常回去,没有机会喂食,与荷兰猪也没有混熟。它们紧张地望着我,在确定没有危险后,快速跑过来,用那对短小的前爪抓起野菜,一屁股坐在地上,捧着野菜,开始大快朵颐。荷兰猪很贪吃,进食的时候旁若无人,吃野菜的样子,像极了电视中的国宝熊猫抱着竹子乱啃的样子,可爱极了。

高二那年暑假,班上有个同学给我寄来一封信,告诉我,他母亲由于营养不良,全身浮肿,问我能不能送他一对荷兰猪。那时候,家里荷兰猪已经有了好大一窝。我把信给父母看,父母也同意了。第二天清早,父母给我捉了一对荷兰猪夫妻,放进一个小笼子里,并给了我五毛钱路费。吃完早饭,我拎着笼子出发了,先是坐了二十多里路的车,后又走了五六里田间小路,一路走走问问,在中午时分,找到了同学家,将荷兰猪送给了他们。同学家很穷,跟我家差不多,家徒四壁。

那同学学习很刻苦,我们俩经常包揽了前两名,我经常是班上第一，他是班上第二，我擅长文科，他擅长理科。以前关系就不错，后来有了这件事，关系就更近一层了，彼此称兄道弟，成了患难之交。同学告诉我，那对荷兰猪长得快，繁殖也多，半年后，就有了十多只了。有了荷兰猪，他家吃肉的问题也迎刃而解了，他母亲身上的浮肿也渐渐消退了。

上了大学，就没再养荷兰猪了。那些荷兰猪，送的送了，吃的吃了。我和那位同学也各奔东西，失去了联系。大学毕业后，我们都到了广东，但没有碰上。后来我到了北京。前些年，在失联多年后，我们通过微信联系上了，很兴奋，就相约见见。同学在东莞混得很不错，是科技公司的技术大拿，其妻做美国电脑零部件的进出口代理生意，早就跨进了富裕阶层。

那年去广东，特意跑去东莞看他，很多老乡和同学也闻讯而来，东道主张罗了满满一大桌，有近二十人。席间，我和他坐在一起。大家都在大口吃肉，大碗喝酒，觥筹交错，高声说笑，只有我和他在窃窃私语，离那份热闹很远。他给我一直低声讲我送他的那对荷兰猪，给他家带来的生活改善。感觉他说这段故事的时候，声音是颤抖的，眼睛是湿润的。这种感情，只有我和他懂，其他人是不懂的，就像热闹是别人的，真情只是我们的。他告诉我，三十多年过去了，他母亲依然健在，身体和气色都不错。

那次聚会很短，饭没吃完，没散场，我要赶车，就告辞走了，可有一种难得的幸福一直洋溢在心间。生活中，不一定要轰轰烈烈，看似平凡的事，在特定时期，只要共同经历过，也同样拨动心弦，让我们深深地沉浸其中，久久地莫名感动。

捉泥鳅

在江南水乡农村长大的孩子,都有一身下水捉鱼的本领。溪、江、河、湖、田,有水的地方,就有鱼;有鱼的地方,就有我们。

我最喜欢捉泥鳅,也最喜欢吃泥鳅。乡下人描述人鬼精鬼精的,说他滑得像条泥鳅,精得像条泥鳅。由此可见,捉泥鳅还真不容易,要斗智斗勇。譬如用手指掐泥鳅,力度要适中,轻了,掐不稳,重了,弄疼了泥鳅,泥鳅用力一甩,就从指缝间滑脱,掉进水里去了——受了惊吓的泥鳅到处乱窜,把水搅浑了,尾巴一甩,一个猛子扎进泥巴里,你就再也找它不着了。

江南的冬季,冰冷刺骨,泥鳅都躲起来,钻进泥洞里冬眠了,没啥好说的。可是春、夏、秋三季,都是泥鳅的活跃季节，也是捉泥鳅的好时节，只是捉法各有不同，要因季节制宜。

草长莺飞的三月（阴历），春暖花开了，泥鳅从泥洞里钻出来，四处活动，寻觅食物。一个漫长的冬天不吃不喝，泥鳅早就饿坏了，就像刚获得自由的囚徒，啥都想吃，哪儿都想去。我们也憋坏了，早就埋伏在季节里，等着泥鳅得意忘形地登场亮相。

春天捉泥鳅，常用的有两种方法：一种是照泥鳅，一种是漏子捕。"漏子"是方言，不知书名，一种形状如同漏斗的竹制捕泥鳅专业工具。

照泥鳅是在稻田还没插上秧苗之前。稻田已经被勤劳的农民翻耕过了，很平滑，有一层浅浅的水，约一根手指头深，水面透明，清澈见底，既适合泥鳅活动，也适合我们发现和捕捉。

泥鳅喜欢昼伏夜出。晴朗的春夜，皎洁的月亮挂在天空，蓝蓝的天幕上缀满疏落有致的星辰，四周蛙声一片，此起彼伏。泥鳅争先恐后地钻出洞来，把身子放平在泥面上，晒着月亮，乘着凉，呼呼大睡。泥鳅视力弱，醒着的时候很警觉，风吹水动都要逃进泥巴里躲起来；入睡后警惕性就不高了，很难从梦中惊醒，正是捕捉的好时候。

我们把马灯调到最亮，打着赤脚，把鱼篓拴在腰部，带着鳅鱼钳出发了。鳅鱼钳是用废弃的剪刀加工而成的，将剪刀两边的锋刃用铁锤锤钝，将剪刀尖用老虎钳夹成钩状，向内对称弯曲，鳅鱼钳就成了。夹泥鳅时与剪刀使用方法类似，张开鳅鱼钳，对准正在酣睡的泥鳅，一用力闭合，泥鳅就被牢牢夹在中间。剧痛和恐惧之下，泥鳅摇头摆尾，但很少有挣脱的。把鳅鱼钳伸进鱼篓，松开钳，泥鳅就落在篓里了。初进鱼篓的泥鳅要挣扎一会儿，也许是由于肉体的痛苦和精神上的紧张。过两分钟，泥鳅习惯了就老实了。夹泥鳅，钳口要落在泥鳅头部往下一点，类似于蛇的七寸处，否则，夹不稳，也容易被泥鳅挣脱。挣脱的泥鳅快速地钻进泥巴里，要再捉回来就难了。

照泥鳅，收获很大，一个晚上下来，少则两三斤，多则六七斤，有时候把鱼篓都装满了，回来倒进桶里养着，有半桶之多。随着照泥鳅的进行，鱼篓分量由轻渐重，到收工的时候，挂在腰间沉甸甸的，随着迈开的步伐，不停地敲打着屁股，告诉你泥鳅的分量，也提醒你适可而止。

"漏子"是一种地方性特别强的捕鱼工具，我在其他地方没有见过，上百度也没查出什么名堂来。不过，漏子确实形如漏斗，是用细细的竹片编织而成。漏子分里外两层，有上下两个部分。漏子的前口外面那层很宽，里面那层先大后小，最后留一个仅容一条泥鳅进入的小口，泥鳅就像排队一样，鱼贯而入。进到里面就很空旷了，一个漏子可容纳一两斤泥鳅。漏子尾部是散开的竹片，放漏子时用绳扎紧了，收漏子取鱼时解掉绳，竹片就散了，泥鳅在重力作用下，滑落下来，掉进正下方的桶里。漏子设计得很高明，自然情况下，泥鳅进去了，就出不来了。

下午时候，挖来一瓶蚯蚓，找来一块瓦片，架在两块石头之间，下面生火，将蚯蚓和蘸头根须放在瓦片上炒熟，裹层稻草灰，放进漏子里，作为诱饵。黄昏时分，来到稻田中间，挖一个浅坑，把漏子后部埋进泥巴里，前部的漏口露出泥巴外，隐在水中，在漏子旁边插一根缠有布条的木棍作为标记。蚯蚓的香味渐渐扩散开去，传到泥鳅鼻孔里。泥鳅循着香味，寻觅过来，拼命地钻进漏子里。泥鳅们吃饱后发现，这原来是一个陷阱，它们已经没办法沿原路返回了。

第二天早早起床，踩着薄雾和月亮的余晖，到稻田里收漏子。每个漏子都沉甸甸的，里面挤满了泥鳅，少的都有十多条。往往每个人放有十多个漏子，一次能抓两三斤泥鳅。

稻田里的泥鳅是最多的。春天是抓泥鳅的黄金季节，抓的泥鳅多到吃不完了，就拿到集市上卖，换回一些零花钱或者其他生活用品。

夏天，稻田里长满了水稻，捉泥鳅的最好去处就是小溪了。这个季节的泥鳅充满活力，格外灵活，与那个"狡猾得像泥鳅的评价"十分匹配了。小溪流里泥鳅很多，一有风吹草动，泥鳅就躲进了泥巴里。溪流是用来灌溉的，筑有很多堤坝，把水引往稻田。上游截流灌溉，下游就断流了。用泥巴在下游截出一断，把剩下的水舀干，捉掉泥面上的鲫鱼、白条，就可以捉泥面下的泥鳅了。用双手一层一层地掀开泥巴，躲在泥巴里的泥鳅就露出来黄里透白的肚皮。把泥鳅用双手捧起来，放进身旁的桶里。一段二三十米的小溪能捉到一两斤泥鳅，够做一个菜，够一家人好好吃一顿了。暑假，嘴馋了，我和哥哥就拎上桶和脸盆，到小溪里捉泥鳅。当然，六七月份捉得比较少，因为那个时候是泥鳅的繁殖旺季，有点不忍心呢。

泥鳅的吃法很多，不论哪种吃法，味道都不错。小泥鳅用来干煸，干煸后，在上面撒点盐和辣椒灰，放点姜蒜碎末，很美味。这种吃法，我一个人就可以吃完一碗，刺都不用吐。吃大泥鳅有点复杂，要开膛剖肚去脏，母亲是剖泥鳅的好手，动作麻利，两斤泥鳅，十分钟就可以剖完。我最喜欢的吃法是春天的藠头煮泥鳅，夏天的青辣椒炒泥鳅或者青椒煮泥鳅。春天正是藠头的收获季节，个头大，很香，是煮泥鳅的绝配。藠头煮泥鳅的汤是乳白色的，牛奶一样。融合了藠头和泥鳅两种味道的泥鳅汤，比藠头和泥鳅都好吃，也更有营养，我爱用这种泥鳅汤拌饭吃。进入夏天，藠头没了，青椒出来了，用青椒炒或煮泥鳅，味道也"溜溜的好哟"。

那时候，我们在学校走读，中午没饭吃，要到下午四点多才放学回来，随便啃一个红薯或者一根黄瓜，应付一下。

晚上六七点，中餐和晚餐一起吃。从早上七点上学到晚上七点吃饭，早上那顿要管十二个钟头。为照顾我们，母亲尽量争取早上做点开胃好菜，让我们吃饱点，薤头煮泥鳅，青椒炒或煮泥鳅，都是难得的下饭好菜。

秋天了，割完水稻，田野广阔无垠，一片空旷。为收割方便，稻田的水早就放干了，泥巴也晒干了，踩在上面，虽然柔软，但不至于把鞋陷进去。水干之前，泥鳅趁机钻进洞里，准备过冬。泥鳅钻洞时，在泥巴上留下一个个洞眼。循着洞眼，伸出食指，耐心地抠开洞旁的泥巴，很容易就找到了泥鳅的藏身之处。没有水，泥鳅就被废掉了武功。裸露在外的泥鳅虽然很不情愿，但也只得束手就擒。有个秋天，父亲循着洞，挖出来一条六两重的泥鳅，大人手腕一样粗。那泥鳅两根胡须都跟小孩子的手指头一样粗了，威风凛凛，像一条微缩版的龙。闻讯前来围观的乡亲都说，那条泥鳅都成精成龙了。秋天的泥鳅最肥，肉嘟嘟的，娇嫩饱满，用红辣椒炒或煮，味道赛过青椒，这时生姜也成熟了，切些姜丝放进去，去腥，味道更上一层楼了。

泥鳅好吃，肉质细韧，味道鲜美，含有丰富的蛋白质和多种维生素。在肉类中，泥鳅的胆固醇含量少，营养价值高，可以入药，经常食用可以提高人体免疫力。医学名著《本草纲目》上称泥鳅"暖中益气，醒酒，解消渴"。后来中医对泥鳅医药作用做了进一步阐释，称其具有补中益气、益肾暖脾、除湿退黄、祛湿止泻、止虚汗等功效,可用于脾虚泄泻、消渴、小儿盗汗水肿、小便不利、痔疮、皮肤瘙痒等,也保护血管,对老年人和心血管病人作用明显,是相关的食疗首选。

钓黄鳝

从小就对黄鳝有一种莫名的恐惧,在水里嬉戏,看到黄鳝,慌不择路地拔腿就跑。现在想来,其实不是怕黄鳝,是怕蛇。蛇那东西,听到名字就起鸡皮疙瘩了,更不用说看到,碰到了。在我的世界里,与蛇最像的就是黄鳝了。我这样,村人也这样。所以,在相当长一段时间,对黄鳝,村人是敬而远之,不怎么吃的——母亲至今不吃黄鳝。

后来,这种意识就慢慢被打破了。全村有借助读书、当兵等途径,去外地,在大城市安家落户的,每年清明前后,都要陆续赶回来。春暖花开,正是猫了一冬的黄鳝出来活动筋骨的时候。这些见过世面的"大人物"千方百计地找黄鳝吃,大家也跟着尝尝。这一吃,发现黄鳝的味道比我们钟爱的泥鳅还好,于是一传一,十传百,爱吃黄鳝的人越来越多了。记得有阵子，集市上野生黄鳝没人要，价格不到泥鳅的一半。后来眼看着黄鳝价格就上来了，就像春季涨水，现在老家乡下的黄鳝比泥鳅贵一倍。

一分钱一分货。尽管都是鱼中美味，黄鳝还是比泥鳅味道强多了，配得上那个价。如果做得好，黄鳝肉质细嫩、滑腻、鲜美；如果做不好，是有一股难以下咽的腥味——这也是以前村人不爱吃黄鳝的原因吧。现在对黄鳝的理解，我当然知道得更多了，民间有"小暑黄鳝赛人参"之说，其肉、血、头、皮均有药用价值，《本草纲目》称其有补血、补气、消炎、消毒、除风湿等功效，可治虚劳咳嗽、湿热身痒、肠风痔漏、耳聋等症；其头煅灰，空腹温酒送服，治妇女乳核硬痛。其骨入药，兼治臁疮，疗效显著。其血滴入耳中，治慢性化脓性中耳炎；滴入鼻中可治鼻衄（鼻出血）；外用能治口眼歪斜、颜面神经麻痹。

做黄鳝要油够，连油都没得吃的年代，肯定是做不好黄鳝的。现在村人吃黄鳝，流行两种做法：小的做盘龙，大的炒红椒。

在锅里放水，将小黄鳝放进锅里，盖锅盖，生火，水开后五六分钟揭锅。锅里，黄鳝死了，蜷曲着身子，一圈一圈，形如盘状，所以叫盘龙。黄鳝是一根直肠子，从头到尾。从其头下腹部，撕开一道口子，找到肠，拉住，往下一扯，那根肠就全部出来了，剩下干干净净的躯干——现在城里馆子吃盘龙，已经不去内脏了，嫌麻烦。把锅烧干，倒油，放青椒，放姜、蒜、葱，半熟后倒进盘龙，炒三五分钟，放作料，就可出锅了，闻起来倍儿香，倍儿鲜，倍儿嫩。

盘龙是镇上"吃皇粮国饷"的人的一种吃法，普通老百姓很少吃。我们初中班主任老师就最爱这种吃法。清早，薄雾还没散去。班主任一边督促我们晨读，一边把煤炉灶搬到教室门口炒盘龙。那盘龙的香，随着风，从门口飘进来，弥漫全屋，馋得我们垂涎欲滴，肚子咕咕咕地直叫唤，教室随之鸦雀无声了——班主任还以为我们在用心默读呢。

大黄鳝体长粗壮，肉厚，刺硬。有时候一条黄鳝有一两斤，额上有一个鲜明的"王"字，威风凛凛。大黄鳝要去刺，吃起来更爽快。手艺高明的人，去刺很麻利。把黄鳝头部钉在木板上，让其腹正对我们，开膛剖肚，去掉内脏后，在其脑袋下，找到那根骨头，横着割断，把小刀横放，刀刃向下，贴在刺与肉之间，往下一划拉，刺就剥离了下来，剩下软趴趴的肉。把肉剁成段，放进油锅里，边炸边炒，尽量久一点，但不能煳了。然后放进红辣椒、葱、姜、蒜，等辣椒熟了，盛菜出锅，味道美极了。黄鳝腻，只要嘴里有鳝肉，那种腻就一直留在舌面上。黄鳝的腻与肥肉的腻有本质区别，肥肉的腻让人不舒服，黄鳝的腻让人流连忘返。

捉黄鳝也挺有意思，用得最多的，一种是照，一种是钓。清明前后，晴朗的晚上，黄鳝喜欢出来觅食和乘凉，是照黄鳝的最佳时节。那时候照黄鳝用马灯，后来用手电。吃饱了的黄鳝懒洋洋的，也没警惕性，趴在泥巴上，一动不动，稻田里隔三五步远就有，一个晚上可提四五斤。照回来的黄鳝有大有小，参差不齐。

钓黄鳝是贯穿我们整个暑假的乐趣。钓的黄鳝往往很大，容易把黄鳝王钓出来。村庄前后左右都有池塘。池塘是黄鳝的栖息地。池塘边有石缝，也有泥洞，里面就藏着黄鳝。钓黄鳝的钩子是自己做的。找来一根细长的铁丝，把其中一头在磨石上磨尖了，用老虎钳夹成弯钩状，钓钩就做成了。挖来蚯蚓，掐下其中一段，让钩从蚯蚓腹中穿过，就可以钓黄鳝了。找到黄鳝洞，将钩慢慢地伸进去，不断试探，轻轻地进出伸缩。黄鳝很贪吃，蚯蚓是黄鳝们的最爱。很快，黄鳝就上当了，咬住钩，拼命地往里拖。我们拽铁丝的手突然变得沉重了，就知道黄鳝已经上钩了，于是往外拉。大黄鳝力量很大，双方要僵持好一段时间。最终往往都是我们取得胜利，黄鳝被拉出来，好大一条！

出洞的大黄鳝很不好对付，张着大嘴，时刻准备好了咬人——其实，黄鳝牙齿很浅，咬人也不疼，但样子很吓人。最吓人的是黄鳝那身子，手腕一样粗壮，一出洞离水，顺势就把我们胳膊卷住了，与蛇一模一样的动作。黄鳝凉飕飕的，那种感觉与蛇缠在胳膊上的感觉一样，让人头皮发麻，心里发虚。大黄鳝，我是怕用手捉的，知道它上钩了，就拼命地喊叫伙伴们过来帮忙，让他们来把黄鳝弄上岸。

夏天是钓黄鳝的黄金季节，"双抢"干完农活后，我们一个暑假都在忙着钓黄鳝。有时候一个上午或下午，就能钓五六条大黄鳝。黄鳝生命力极强，钓上来后，盘在鱼篓里，半天不死。

冬天很难捉到黄鳝。后来我发现了一个秘密，到现在这个秘密也只有我一个人知道。过年前，村里的池塘往往要抽干水，准备捉鱼过年。其实，捉完鱼后，还有躲在洞里的黄鳝。到晚上，黄鳝就从洞里钻出来，爬到池塘中央有水的地方。有水，黄鳝才觉得舒适安全。第二天早早起床，拎上桶，带上长网，赶到池塘边，就能发现那层浅浅的水面下，盘踞着一条条大黄鳝。

这时候的大黄鳝是最好捉的。大冷天，大黄鳝一动不动，蜷缩在泥面上，也没地方躲，用网一捞，就在网兜里了，黄鳝也不挣扎。有时候，一口池塘能捞十多条大黄鳝，有满满一桶。那时候，村里几口池塘，只要干塘了，第二天一早，我就去捞黄鳝，每次都是满载而归，给穷得揭不开锅的家庭平添几分乐趣。

摸螺蛳

在江南水乡长大,那段成长岁月,最爱的就是捉鱼虾摸螺蛳。那时候的故乡,有水的地方就有螺蛳,就像有水的地方就有鱼虾一样。

河流或稻田,没有成为摸螺蛳的常规化去处。河流里的螺蛳稀稀拉拉,块头不大,半天摸不上一碗菜,效率低下。稻田里的螺蛳更少,一望无际的水里难得看到三五个。但稻田里的螺蛳个大,大如小孩攥紧的拳头,把肉挑出来,切成片——不切不进味,三五个也可以做一顿青椒炒螺蛳了。

摸螺蛳最好的去处是村前屋后的池塘。池塘边水不深,恰好齐腰。透过清澈见底的水面,清清楚楚地看到,池塘底部的泥面上,爬满密密麻麻的螺蛳,就像是夏夜的满天星斗。下得水来,半截身子缩在水里,左手扶住漂浮在水面上的脸盆，右手沿着泥面扫荡，一抓就有三五个。一个上午或者一个下午的时间，就可以把放在岸上的、用来盛装螺蛳的那个大铁桶装满，特有成就感。

池塘边的石缝里也爬满了螺蛳。石缝是螺蛳的栖息地之一，缝壁上爬满了大大小小的螺蛳，伸手进去，一掏就是一大把，大致挑选一下，小螺蛳放回池塘，大螺蛳放进脸盆或桶里。

石缝里偶尔有鱼，甚至有大如巴掌的石鲫。顾名思义，这种鲫鱼最喜欢待的地方，就是石缝——石缝是石鲫的家。石鲫爱以小螺蛳为食，性情憨厚，长得飞快，躲在石缝里，足不出户，就吃喝不愁了。水里一有风吹草动，石鲫就慌慌张张地寻找石缝，侥幸地以为躲进石缝就安全了。石鲫没想到，越安全的地方越危险。缩在石缝里的石鲫，被我们伸进去的手堵个正着，一点儿逃生的机会都没有。摸到石鲫，是意料之外的收获。运气好，摸一次螺蛳，能抓十条八条石鲫，两三斤重，够一碗大菜了。

生产队的时候，村民很勤快，每年底干塘的时候，都要把淤泥清掉，所以，池塘的水很清，很干净，看得到成群结队的鱼儿在水中游来游去，那水也清到偶尔被人饮用——夏天了，我们爱在池塘里游泳，嬉闹，打水仗，打泥仗，每回都要呛几口水，也不用担心拉肚子，生病。为照顾村民那点口欲，承包池塘的主人心照不宣，从不放养青鱼。青鱼最爱吃螺蛳，一个池塘，只要有几尾青鱼，螺蛳就被吃光了。现在，没人下池塘摸螺蛳了，池塘或水库承包者最爱放养青鱼。在螺蛳滋补下，青鱼长得飞快，年初还是小鱼苗放下去，年底打捞上来，就已经膘肥体壮，有七八斤重了。青鱼味道好，价格高，从经济学角度，是池塘水库养殖承包的最爱。

三伏天下池塘摸螺蛳是件很幸福快乐的事情。下午两三点，太阳如火炉，没有一丝风，热得知了都不愿哼一声，没有空调和风扇，仅有的两把蒲扇是大人的专利，身上的毛孔就像一个个小泉眼，不停地往外冒汗。这时候，消暑最好的地方就是池塘了。一家老小，不分男女，一致行动，拎着铁桶，端着脸盆，向池塘出发了。男的裸着上身，穿着一件遮羞的花裤衩，女的和衣下水。池塘的水是热的，但在水里比不在水里要凉快多了。铁桶放在岸上，用来储装螺蛳；脸盆放在水面，跟着人走，用来临时装螺蛳。等有半盆螺蛳，眼看着要下沉了，安排一个人上岸，把脸盆里的螺蛳倒进岸上的桶里。螺蛳多，人也多，摸起来很快，不到两个小时，桶满了，盆也满了，这个时候，天气也不那么热了，于是浮出水，爬上岸，拎着桶，端着盆，满载而归。

池塘里有河蚌，小河蚌在靠近岸边的淤泥里，大河蚌在远离岸边的淤泥里。父母姐妹在岸边摸螺蛳，我和哥哥爱到池塘中间抓河蚌。我们不停地用脚踩进软软的淤泥里，探寻硬硬的河蚌。踩到了，原地站住，潜进水里，从脚底下把河蚌挖出来。河蚌一般都有巴掌大，有的有两个巴掌合在一起那么大，抓在手里沉甸甸的。每次抓到河蚌，都是一种意外收获，那份惊喜和成就感，与河蚌大小成正比，都远比摸螺蛳强多了。在我看来，河蚌比螺蛳还好吃。螺蛳只有一种味道，河蚌有三种：长得像斧头的主体肉"斧足"，硬硬的，嚼起来很费劲；斧足中间有层肉，粉末状，吃起来像蟹黄；最好吃的是河蚌的外套膜，丝带一样，软软的，绵绵的。那时候，非常憧憬从大河蚌中找到珍珠，发一笔横财，抓过成千上万的大河蚌，却从来没有发现过珍珠。

上了年纪的奶奶也没闲着，早就把柴灶上那口最大的锅盛满了水，随时准备生火煮螺蛳。用井水把螺蛳和河蚌冲洗干净，倒进锅里，煮到水开。在高温下，螺蛳和河蚌不由自主地张开了嘴，露出白晃晃的肉。以女性家人为中心——穿针引线是女人们的强项，一家人搬来蛤蟆凳，坐在堂屋门前用绣花针挑螺蛳肉。这是一个细致活，只有常年喜欢缝缝补补的奶奶和母亲极具耐心，一丝不苟，兢兢业业；我们挑片刻就不耐烦了——挑螺蛳远没有摸螺蛳那种痛快淋漓的劲儿。

酷爱腥臭的苍蝇们循着味过来，围着我们七上八下地起落飞舞，趁机抢食一点。不过，苍蝇们惜命，不叮筛子或盆里的螺蛳肉，怕被一巴掌拍死了。它们喜欢趴在被丢弃的螺蛳壳上，甚至钻进壳里，大快朵颐，与人无争。夕阳西下，一大锅螺蛳终于被挑完了。螺蛳肉摆在筛子或脸盆里，青白相间，层层叠叠，叫人垂涎欲滴。

晚上的菜难得的丰盛，一碗青椒煮石鲫，一碗腌辣椒或酸豆角炒螺蛳，都是难得的美味。菜又辣又咸，很开胃下饭。七八口人，两三碗菜，大家狼吞虎咽，吃得热火朝天。满满一锅饭，被风卷残云。最后，菜光，饭光，没菜没汤的菜碗也被倒进半勺饭，拌舔干净了。大家都意犹未尽，拿着碗，左顾右盼，迟迟舍不得放下。

秋天来了，西北风渐起，天气渐凉了，下池塘摸螺蛳渐渐少了。嘴馋之下，也有勇士，下水半小时，被冻得嘴唇发紫，身上一层鸡皮疙瘩；上岸后，双手抱臂，浑身抖个不停。深秋，初冬，想吃螺蛳，还是有办法的，父亲爱用一种乡下叫作"三角缯"的网捕捞螺蛳。三角缯宽大，呈三角形，手柄长，用起来很费力。握住三角缯的长柄，将其伸进水底，沿着池底泥面，一边抖动，一边向前推进，见好就起。缯的部分出了水面，再用力晃一晃，筛落缯里的淤泥，缯底落满了来不及逃跑的螺蛳。有时候，一缯就能捞上一两碗，沿着池塘半圈下来，铁桶就盛满了。与螺蛳一起被捞上来的，还有各种小鱼小虾，尤其是一种土生土长的，体形像极了"清道夫"的鱼。这种鱼，长不大，乡下又叫万年鱼；没有刺，也叫肉鱼。肉鱼憨憨的，笨笨的，行动迟缓，总以为动一下就脱离危险了，其实还在缯里。

我最爱的一种吃法是梭螺。把螺蛳洗净，在清水中放一个晚上，用虎钳在螺蛳屁股上夹一个洞，再洗净，放进锅里，和着红辣椒、生姜、青葱一顿爆炒，然后出锅。吃的时候，用手捏住螺蛳的屁股，嘴对着螺蛳的嘴，用力一吮，藏在壳里的螺蛳肉就像子弹一样射进了嘴里，这种感觉倍儿爽。吃梭螺，最好约三五知己，在繁星满天的夏夜，一边吃梭螺，一边喝啤酒，一边聊天，那是饮食男女最放松快乐的时候。

记得在长沙读大学，与三五个志同道合的文友结成了死党，谁领了稿费，吆喝一声，晚上八九点，在校门口夜宵摊前集合，坐在露天桌旁，点两盆梭螺，要三五瓶啤酒，一边吮梭螺，一边喝啤酒，一边聊文学和人生，很有李清照的"沉醉不知归路，兴尽晚回舟"之感。那群人中，有一湘女，性情温婉，性格豪爽，才华横溢，颇得兄弟们认可。喝到尽兴时，都忘了性别，以兄弟相称，有时误了时辰，夜宵摊打烊了，才依依不舍地告别，各回各的宿舍。宿舍大门早就关了，叫门卫大爷开门吧，要被详细登记，影响成绩考核。于是在酒精作用下，你扶我帮，爬上高高的围墙，一跃而下。那情景，那青春的记忆，至今历历在目，激荡人心。

二三十年过去，农村已经发生了翻天覆地的变化。村前屋后的池塘，由于年久失修，被淤泥填平，有的成了荒田，有的成了旱地。当年池水清清，涟漪阵阵，水中游着鱼，水底爬满螺蛳的池塘已经不见了。唯一让人安慰的就是屋后两三百米处，还有一口大池塘，那个院子的人将其保护得好，用水泥砌了护堤，隔三五年要用挖掘机清理一次淤泥，算是给童年的记忆保住了一点儿象征性的存在。现在夏天，已经没有人下池塘摸螺蛳了，承包池塘的主人放养了多尾青鱼。每年回家过年，都有热心的村民把青鱼送上门来，说是吃螺蛳长大的。看着那条大青鱼，我想，一条青鱼的成长，起码要吃掉成千上万只螺蛳吧，青鱼爱吃螺蛳，我也爱吃，也许我的前世就是一条青鱼吧。

仍然留在那块土地上耕种的姨妈的几个儿子，用挖掘机挖了一口池塘，用来养鱼。每年干塘，在姨妈关照下，他们把螺蛳捡起，把肉挑出来，给我留着，说我从小就爱吃。但那池塘里的水没有当年那么清澈了，螺蛳明显有一股被污水常年浸泡后产生的异味，吃起来完全不是记忆中的那种味道了。

抓螃蟹

家乡江南，在水里繁衍生息的动物，我只怕两种：蚂蟥和螃蟹。

蚂蟥很阴柔，对它的那种怕是内心深处的恐惧，它经常神不知鬼不觉地附在你腿上，吸饱后扭动着身子跑开了。被它咬过的地方，血流不止。

螃蟹很刚硬，对它的那种怕是浮于表面的，没有进到心坎去。螃蟹很霸道，横着身子，高高地举起那对强壮有力的螯，要么亢奋地跟人对峙，让人望而生畏；要么警惕地逃逸，让人无可奈何。

小时候，第一次抓螃蟹，就被一只大蟹用大螯夹住了食指，惊慌失措之下，甩是甩脱了，可螃蟹那只螯与身子断开了，身子掉进了河里，螯留在手指上，仍紧紧地夹着，费了很大劲才取下来。被夹的地方出现了一道深深的印痕,还渗出了血,疼痛难忍。一朝被蛇咬,十年怕井绳。此后,对螃蟹没什么好感。本来在系列乡土散文写作中,螃蟹没能进入我的法眼。现在动笔,纯粹是螃蟹沾了一位同龄老乡的面子,是他命题,我作文。

都在江南水乡,山水差不多,但从螃蟹来讲,生长在水里的东西差太多了。湖南乡下的螃蟹,身上很光滑,没有毛,很少有人吃,也没衍生出一套讲究的吃法来。江苏的螃蟹,以中华绒蟹为主,两只肥大健硕的大螯上长满密实的毛,吃法也特讲究,除了配料生姜、紫苏、黄酒,还要借助小方桌、腰圆锤、长柄斧、长柄叉、圆头剪、镊子、钎子、小匙这"蟹八件",整出垫、敲、劈、叉、剪、夹、剔、盛各种动作,让人觉得高深神秘,很有门道,很有文化渊源。

正宗阳澄湖大闸蟹是最让人垂涎欲滴、流连忘返的美味了。每年中秋前后,橙黄橘绿时节,都要或主动或被动地吃上几回,以提醒自己美丽的秋天来了。那大螯里的嫩肉,那雄蟹的膏,那雌蟹的黄,让人唇齿留香,三月不知肉味。

正儿八经地喜欢上吃蟹,是2006年6月,北漂到北京后才开始的,之前在广东,大如巴掌的海蟹我都不吃——在我三十二岁之前的人生中,总觉得螃蟹那厮看起来面目狰狞,影响胃口,揣摩着其味道也好不到哪儿去。

鱼米之乡的故乡,溪流湖泊纵横,鱼虾鳅鳝众多,螃蟹被人遗忘，很难登上大雅之堂，被认认真真地吃上一回。即使偶尔抓了数只螃蟹，拿回家来，也是给鸭们改善伙食，或者撕碎了逗蚂蚁玩。在记忆中，水里的东西，螃蟹是最没有味道的，生硬的壳，少得可怜的肉，很难从壳上分离下来，吃起来麻烦，满口壳渣。

到北京那年秋天，中秋前，朋友送来一件阳澄湖大闸蟹。看着大螯上生长着一撮密实的毛的大闸蟹，总觉得不干净，有心理阴影。记得第一次做，对那撮毛深恶痛绝，拿着刀剪，又是剪又是刮，却始终剃不干净。因为有毛在，怕藏污纳垢，希望高温消毒，于是多蒸了一会儿，结果肉不鲜嫩了，吃起来，味道一般，一时觉得阳澄湖大闸蟹是徒有虚名，只比家乡的蟹味道好一点点。第二年中秋前，恰好在苏州出差，在阳澄湖被朋友宴请，跟着主人学吃螃蟹，地道的做法，讲究的吃法，才知天下竟有如此美味，竟有如此眼花缭乱的吃法，让人叹为观止。

故乡的螃蟹，大小不一，种类也多，有硬壳的，也有软壳的。硬壳的，大小都有；软壳的，只有小的，没有大的。软壳螃蟹透明，看得见肉、血管和五脏六腑。硬壳的螃蟹，很少被当菜吃，因此即使在一穷二白，饿得头晕眼花的年代，也很少有人惦记。软壳螃蟹，是吃过一回，不用吐渣，全部吞咽下去，味道不错。

螃蟹对生活环境极其挑剔，有洁癖一样。不流动的水里,是没有螃蟹的;只有流动的,干净的水里,才适合螃蟹生长。距村庄一里左右,有一条潺潺流过的小河,河水清澈见底,看得见鱼虾游来游去,水底的石头下,或者岸壁上的洞穴里,就有大大小小的螃蟹。

闷热的夏天,我们洗澡有两个去处,一是村头的池塘,一是村外的小河。男人和已经发育了的少年,或为避嫌,或因害羞,爱到远离人烟的小河里洗澡。我们那群还没长大的孩子,喜欢待在村口的池塘里。偶尔到小河里洗澡,都是奔着捉螃蟹去的。

掀开浅水下的石头,就看到受惊的螃蟹,高高地举着那对大螯,夸张地张开,横着身子,惊慌失措地逃跑。看见螃蟹,伙伴们兴奋得大呼小叫,勇敢的,伸出手,摁住螃蟹,将其拎出水面,扔到岸上。被螃蟹强壮有力的螯夹过几回,大家就学乖了,捉螃蟹抓后部,那是螃蟹的视线盲区,也是那对螯够不着的地方。被捉的螃蟹,拼命挣扎,张开螯,在空中挥舞,很吓人。

岸壁上的洞穴里,经常栖息着大螃蟹,大的块头跟阳澄湖大闸蟹差不多。蟹洞不深,伸进手去一摸,就够着螃蟹了,再往外一拉,螃蟹就夹着手指被拽了出来。伙伴被夹得一边喊痛,一边兴奋得手舞足蹈——那种痛并快乐着的体验让人着迷。聪明一点的,不把手伸进洞里捉螃蟹,而是摘来一根手指粗细的树枝,伸进蟹洞,一阵鼓捣,让螃蟹感觉到痛了，内心恐慌了，它就用螯死死地夹住树枝，把树枝拉出来，螃蟹也被拽出来了。

捉螃蟹，只为好玩，因为螃蟹很难像鱼虾鳅鳝那样成为桌上主菜。所以，没人愿意大规模地捕捉。但这不等于我们不吃螃蟹，伙伴们喜欢生吃，尤其是那对大螯里的肉。把螯从螃蟹身上卸下来，用石头把壳敲碎，就露出来雪白的蟹肉，抓起那肉塞进嘴里，嚼起来别有一番滋味。那肉带丝儿咸味，味道比醉虾好。被卸掉双螯的螃蟹，被我们重新放回河中，螃蟹不会死，它的身体修复功能极强，过一段时间，一对新螯又慢慢地生长出来了。有时候，看到被抓的螃蟹，那对螯一大一小，就知道这只螃蟹是上一个夏天从我们手上逃走的，那只小螯是新长出来的。

记忆中只有一次大螃蟹被做成菜，端上桌了。顺着村里那条河往下游走三五里，就到了姨妈家。那儿正是几条小河的交汇处，来到此处，小河已经变大河了，声势浩大。河上有坝，坝下有潭，潭岸被波浪冲击，深深地凹了进去。那凹进去的地方，栖息着成群结队的大螃蟹。这个秘密是与我同年的表哥告诉我的。放暑假了，总要找着借口去姨妈家待几天，实际上就是为捉螃蟹。下了水，我和表哥张开双臂，伸进凹槽，将臂从两边往中间渐渐合拢，螃蟹就被赶到中间，走投无路了，从里面出来。拳头一样大的螃蟹张开双螯，高高举起，一副"人不犯我，我不犯人；人若犯我，我必犯人"

的样子。捉这种大螃蟹，不能硬来，硬来是要吃亏、受伤害的。我们跟螃蟹斗智斗勇，瞅准时机，捏住屁股后面，将其拎出水面，放进桶里。一个下午，能抓几十只，把小桶装个半满。姨妈家喂有鸭，那些螃蟹，大多成了鸭们的美食。仅有一次，在我强烈要求下，姨妈用青椒炒螃蟹，做了一顿菜，那份菜只有我一个人吃。我也不知道怎么吃，只有靠着牙好，咔嘣咔嘣地壳和肉一起嚼，自以为把肉吃光了，再把壳渣吐出来，说不出什么味道来。

　　小时候，也吃过一顿美味的螃蟹，是那种软螃蟹。距家往邵阳方向十多里，有一群山，山中间有水库，水库下有小溪，溪里有螃蟹。那年高考完，大家都觉得解放了，班上十多个关系好的同学，成群结队，到处串门，有的也借这种方式试探爱情。有位女生家就在水库下面，到了女生家，大家拎了桶，到小溪里捉螃蟹去了。溪水清澈见底，清凉清凉的，是螃蟹最适合的温度和环境。每搬开溪里的石头，就看到三五只小螃蟹慌不择路地四散奔逃，伸手即可捉，就像在海滩上捡贝壳。软螃蟹的螯也是软的，没有力气，谈不上伤害和威胁。大家手舞足蹈，捉得不亦乐乎，两三个钟头就捉了满满一桶。软螃蟹个头不大，软绵绵的，溪水一样透明，看得见肉，看得见脏腑。捉的时候，我们小心翼翼，生怕它受伤了。

　　晚上，好客的同学妈妈耗费了半锅油，把螃蟹炸了，撒点盐，端上桌来做菜。油炸的螃蟹黄澄澄的，香喷喷的，没有骨头，那透明的壳也接近没有，不用吐渣儿，味道鲜美。由于时代久远，记忆有些模糊，我至今分辨不出到底是阳澄湖的大闸蟹味道鲜美还是故乡那碗软螃蟹味道鲜美。

那十多个高中同学中，有一人大学毕业后到南疆支边，在偏僻的乡政府做干部。援疆后的第二年，同学被恐怖分子杀害在乡政府的宿舍里。二十多年过去了，至今想起来，仍然让人心痛难抑。那天，他带着女朋友，是捉软螃蟹表现最积极的那个人。每捉到一只螃蟹，都要高高举起来，向女朋友兴高采烈地炫耀一下；他女朋友把他当作英雄一样崇拜，把桶递上去，把螃蟹接下。他们配合默契。这场景至今让人难忘，想起来，那颗心就隐隐作痛。

蛇

对蛇这种动物，有好感的估计不多。蛇既丑且凶，咬起人来，轻则伤，重则死，让人闻风丧胆，望而生畏，听起来身上起鸡皮疙瘩。

在《农夫与蛇》故事教育下，我们从小对蛇这种生物深恶痛绝，认为蛇与人类很难和谐相处。小时候，村人和伙伴，看到蛇，怕归怕，最后还是非打死不可的，担心今天不打死它，明天就要遭它咬似的。

家乡湖南祁东那地方，与永州毗邻，同山共水。永州以"永州之野产异蛇，黑质而白章"闻名于世。两地的气候、地形差不多，我们那儿，自然也是蛇多。五步蛇、菜花蛇、竹叶青……各种各样叫不出名字的蛇，时常被看到，甚至被打死或者活捉，被展示给人看。

小时候,冬天了,田野光秃秃的,老爱跟着一群大孩子挖鼠洞,很多次,把洞挖到底,看到的不是老鼠,而是盘踞在一起的蛇,一个洞里藏着好几条。幸好蛇们已经进入冬眠状态,懒洋洋的,软绵绵的,有气无力,完全没有夏日那种生猛的模样。胆大的,把蛇拎在手里,到村里四处转悠。那一刻,拎蛇的人成了村里的英雄,被刮目相看。那些蛇,最后的结果,都是难逃一死。

那时候,还没人敢吃蛇,再大的蛇也没人吃。很多人跨不过那道心理阴影,以为蛇有毒,蛇肉就有毒。现在有人吃蛇了,而且还是山珍海味中的上品,价格往往是菜单上最贵的。吃蛇这种风俗,是改革开放后,家乡很多人到广东打工,返乡带回来的。听到有人打了蛇,他们就要了过来,剖了,洗了,切成段,用辣椒生姜一顿爆炒。越来越多的人品尝后,发现蛇原来也很美味,以前不吃,算是暴殄天物了。

我很少吃蛇,不敢吃,怕。吃一次蛇,晚上爱做梦,在梦里,蛇活灵活现地出来报仇。这种阴影,不是因为被蛇攻击留下的,而是与生俱来的。童年时候,有三四年是跟父母在罗霄山山脉的江西永新三湾度过的。那儿的蛇,才真正多,比永州多了去了。清早上学,从家到学校,四五里的马路,经常看到路上横七竖八地躺着蛇尸。晚上,蛇从路边的山上下来,躺在平整的马路上晒月亮,睡梦中被路过的车碾死了。明知那些死蛇没有攻击性了,却还是叫人心里怕得慌。有调皮的伙伴抓住我的这个脆弱心理,用树枝挑起死蛇,出其不意地扔过来,我往往被吓得心神不宁,坐在教室里还感觉那条蛇在身上似的。

那时候,父母在三湾当地打砖,卖给人们砌房。把砖从稀泥制成半成品,要晒干后再烧。由于晚上有露水,也怕下雨,下午收工前要用茅草把砖盖上,第二天早上再掀开。关于蛇的传闻,不断地从父母嘴里冒出来:割茅草的时候,遇到大蛇了,蛇跑了;没跑赢的蛇,被父亲用棍子打死了——父亲随身都要带一根称手的竹棍,蛇虽然凶,往往一棍子下去,保准瘫在那儿,动不了了;最怕蛇的母亲看到蛇了,大呼小叫,父亲赶快过去保护她。父亲最吓人的描述,是一天天没亮,给砖掀茅草的时候,从搂在怀里的茅草里掉下来两条蛇,那蛇落在他穿着草鞋的脚上,凉飕飕的——原来是蛇蜷曲在茅草上睡大觉。这是父亲离蛇最近、最危险的一次,他一点儿防备也没有,当即怔住了,半天没回过神来。其实,蛇没有像人们传说中的那样凶残,等父亲醒悟过来,蛇早就溜了。

在江西,看到关于蛇的壮观场面,是在水里。寄居在一户邓姓人家,门前有条小溪,从崇山峻岭一路潺潺地流下来。夏天早上,我们爱到小溪里洗脸,经常看到三五条蛇在上下游的水里,昂着头,游来游去,多的时候,有一二十条。有距离就不怕,蛇游蛇的泳,我们洗我们的脸,相安无事。那条小溪在村口汇入一条河,河里,早上蛇游泳的画面更壮观,经常看到一群约数十条蛇在水边游来游去,太阳出来后,就消失在岸边的草丛中。那时候,很提心吊胆,没想到身边居然繁衍生息着这么多蛇。有天夕阳西下,在溪边用网捞鱼,惊动了一条大蛇,它急急忙忙向对面稻田窜去,只看到齐腰深的水稻纷纷向两旁倒去,蛇过之处,水稻伏倒一片,稻田中央被辟出一条新路,我当即吓得扔下渔具,夺路狂奔。

最壮观的是发大水。江西夏天暴雨多,山洪暴发多,蛇被冲下来,在奔腾汹涌的洪水里茫然挣扎,无助地游走,平时那不可一世的气势荡然无存。往往洪水退后,岸边的树上挂满了蛇尸。好几次,看到从林场被大水冲下来的捆在一起的木堆上,盘踞着成百上千条蛇,最大的,高高地挺起身子,立在木堆上惶然张望,不停地吐着信子,样子恐怖极了。

江西人爱吃蛇,捉蛇,杀蛇,剥蛇,喝蛇血,吞蛇胆,吃蛇肉,一气呵成,眼睛都不眨。那时候,我们借住的主人家爱吃蛇,他们吃蛇的时候,热情好客地叫我们过去尝点,但我们从来不吃。可我小时候还是吃了一回蛇,是在不知情的情况下。与我们一起的二舅捉了一条大草鱼蛇,大家都想吃点荤了,于是把蛇剖了,炖了,满满一大锅,给我们上学的孩子每人留下一碗。放学回来,我们吃饭的时候,舅妈说,给我们留的是鱼——我们都爱吃鱼。那汤雪白,那肉与鱼肉难分彼此,我吃得津津有味。吃完后,四五岁的表妹没忍住,把我拉到一边,告诉我是蛇,我当场怔住了,以为吃了有毒的东西,一个晚上睡不着,老担心自己会不会毒发身亡。

家乡虽然蛇多,却很少见有人被咬的。耳闻被蛇咬的事,一年也有那么一两回。我知道的离我最近的是姨妈的一个儿子,被蛇咬过一回。他拎着喷雾器在地里给外婆的黄豆杀虫,不小心踩着蛇尾了,蛇掉头就咬了他脚指头一口。幸好外婆厉害,马上扎住伤口上方,直接用嘴把蛇毒吸出来,保住了表哥一条命。纵使这样,表哥还是被蛇毒折腾了一个多月,才渐渐恢复。我去看他,见过他被咬过的脚,那脚背肿得就像一个肥胖的萝卜,轻轻一压,凹进去很深一个坑,让人想想都不寒而栗。

传说,家乡有条大蛇,方圆几十里众所周知,见过其庐山真面目的不多,村人都说那蛇已经成精了,神龙见首不见尾。那条蛇在村后的那座小山上活动。山上除了枣树和橘树,没有其他树木,已经被开垦成一块一块的菜地了。二十多年前的秋天,收红薯,邻地的大伯就发现了一张刚蜕下来的蛇皮。那蛇皮,从他地里一直横亘过来,跨过了两块地,足有十来米长。蛇皮上的眼睛部位,凸出来圆珠形状,活脱脱就像我们小时候爱玩的玻璃弹珠。全村人闻讯过去观看,都惊叹不已,也担心不已,相当长一段时间,全村被一层恐怖气氛笼罩,生怕那蛇有一天出来兴风作浪,跟村人作对,伤人吃畜。

那条蛇到底有多大,还是有一个目击者,看见它全貌的是四奶奶(村里与奶奶同辈那代人,年纪排在第四)。某个晌午,四奶奶在山脚下那口水井边打水,那条蛇突然从大井眼里钻出来,从她身边滑过去。四奶奶从来没有见过这么大的蛇,当即头一晕,眼一黑,腿一软,就栽到地上,不省人事。等别人发现四奶奶,把她叫醒,四奶奶还浑身颤抖,眼神空洞,半天说不出话来。四奶奶在床上躺了半个月,才慢慢恢复神志。据四奶奶描述,那条蛇腰身有农村大碗口粗细,十来米长。她的说法,正好与那块蛇皮相互印证。

有段时间,家乡的蛇越来越少了,因为山上茅草都被扯光,做柴烧了,老鼠也少了。现在山上植被又好了,茅草又多了,郁郁葱葱,蛇又渐渐地多了起来,甚至时有发生蛇跑到居民家来的情况。我们家砌新房子那年,施工期间,父母打电话过来告诉我,说前天晚上,家里来了两条蛇,不过个头很小。年迈的父亲不像当年那样一棒子把蛇打死,而是用火钳夹住小蛇,将其放回屋后的山上。

我怕蛇,但很奇怪,我却流连网上关于蛇的视频,尤其是恐怖的眼镜王蛇和大蟒蛇。每天闲下来刷屏的时候,总要找三五条相关的视频来看看,至今说不清楚是什么原因。

第三辑

那风情那人

野　炊

物质丰富了，味蕾就挑了，吃啥都不是滋味。小时候，只要有口吃的，不分酸甜苦辣咸麻涩，嚼起来都特别带劲，就像现在女儿吃巧克力。

过年，在家与童年伙伴一起聚餐。狗蛋（乳名）说：还记得我们小时候野炊吗？那味道才是真的好，我以后再也没有吃到那么好的饭菜了。

狗蛋一说，我也有了这种感觉，其他几个伙伴也异口同声地附和。一席话，把我拉回到三十多年前的野炊。

人以群分，被我们圈定的野炊对象，都是平时玩得来的，年龄在八九岁到十二三岁之间。

那时候，我们都在村中心小学读书，是单休，一周只休息一天。休息的这一天，是我们最快乐的时光，到处玩耍，尽情嬉戏，天不管地不管。最让我们乐此不疲、流连忘返的，就是野炊了——由于吃不饱，也吃不好，我们只得变着法子，让自己吃饱点，吃好点。

野炊的地点选在村后山坡上的梨树林。梨树林离家有半公里路程，旁边也没有人家，不易被外人干扰。因为是树林，柴薪可以就地取用，地上或者树上都有干枯的树枝，容易燃烧，正好用来生火。

树林里有空地，可以架灶，就餐。树林旁有土地，种有各种各样的青菜，还有地瓜、芋头、马铃薯，都是很好的食材。

野炊之前，都做了详细分工。有人拿锅，有人拿瓢，有人出米，有人出油，有人出盐，碗筷是各带各的。

这些都是次要的，主要的是捉鱼。鱼是野炊的当家主菜。江南的农村，其他荤菜没有，可有水的地方就有鱼，村前村后的池塘，村外的溪流、稻田，都是鱼儿繁衍生息的地方。只要肯花工夫，就能够满载而归。

捉鱼得靠本事，也很光荣，捉鱼的那对搭档，是什么都不用出的，但得保证捉到足够的鱼。我是捉鱼的好手，也喜欢让狗蛋跟着我打下手。我拿渔网，狗蛋拎桶，到池塘、溪流、稻田到处捕鱼。一个小时折腾下来，桶里面密密麻麻都是鱼，大的小的挤在一起，嘴巴朝上呼吸着空气，少说也有两三斤，够我们痛痛快快地吃一餐了。

抓到的鱼，种类繁多，鲫鱼、鲤鱼、白条、黄鳝、泥鳅，啥都有；有时候也有没长大的草鱼、鲢鱼、鳙鱼。坦率地说，野炊的时候，我们倒不希望捉到大鱼，小鱼就够了。这么多种类的鱼，做的时候，没有分类，都是一锅炖的。

伙伴们早就从家里拿齐了该拿的东西，在梨树林边玩边恭候了。看到我和狗蛋过来，都兴奋地围上来，看看有多少鱼。看到差不多半桶鱼，大家都很兴奋，欢呼雀跃，屁颠屁颠地做准备去了，有的拾柴，有的砌灶，有的架锅，有的淘米，有的生火，有的收拾鱼，有的到旁边菜地采摘辣椒、茄子、豆角、黄瓜、青葱。没有一个闲着，没有一个不积极主动的。

那群伙伴中，我的厨艺算最好的，我成了理所当然的掌勺大厨，使唤着小伙伴做这做那，特别神气。

我的厨艺是从母亲那儿偷师过来的。母亲是全村公认饭菜做得最好的，村里的红白喜事，都请母亲做大厨。平时在家，母亲炒菜时，我就帮她添柴生火，耳濡目染，就得了真传。

受条件限制，野炊的时候，我们的菜做得比较单一，煎好鱼，青椒、茄子、豆角、黄瓜都一锅炖了，有多少放多少。所以，主要是煎鱼。只要鱼煎好了，味道就出来了。

煎鱼最耗油。估计出油的那个伙伴，把家里那罐油的一半偷偷拿了出来。架上锅，生起火，锅底水分蒸干后，把油全部倒进锅里，等油热了，把鱼放进锅里。大鱼要一条条先放，放在锅中间，以便煎透；剩下的小鱼一次性全倒进去就可以了。等鱼的一边煎黄了，再把鱼翻过来，煎另一边。

煎黄煎透的鱼散发出阵阵香气，弥漫了整个梨树林，林子里每个空气颗粒都是鱼香。闻着鱼香，小伙伴们停止了游戏，都围了过来，用鼻子使劲地吸着香气，口水直往下流。大胆的，出其不意，伸出沾满泥巴的手，伸进锅里，抓起一两条鱼，撒腿跑开了，弄得其他伙伴们意见很大。

鱼煎好后，就可以放水了。水放得有点多，放完水，锅都快满了。水开后，一锅乳白的汤在沸腾翻滚。三五分钟后，把辣椒、茄子、黄瓜、豆角等一股脑儿地倒进去，再炖上七八分钟，再放盐，放作料，放青葱，过一两分钟就可以出锅了。

之所以把青菜一股脑儿放进去，与鱼一锅炖，是因为分开来做，条件不具备，也很麻烦。一锅炖，挺好的，每样青菜都浸透了煎鱼的味道，都是难得的美味儿。

饭有时候可能不够吃，也有时候没煮熟，夹生，但都没关系，大家都不计较。饭菜汤一起，每个小朋友都能装上满满一碗，至少可以吃个半饱了，加上回家吃的那一顿，就可以难得地饱一回了。

当然，要在野炊时候吃饱，也是可以的，有两个解决方案，一是锅里留点汤，到旁边菜地，摘来青菜，不断地丢进锅里，这有点类似于我们吃火锅，不断涮青菜；一是挖些芋头、地瓜、马铃薯来，丢进柴灰里煨着，十来分钟后就可以吃了。煨出来的芋头、地瓜、马铃薯，香气扑鼻，不用放油盐，味道也是出奇地好。

吃完后，我们都有了一张五花脸，白一块，黑一块，像极了小人书中的张飞或李逵。这张脸也向父母泄了密，把我们的行动揭发了，结果难免被臭骂一顿，甚至挨一顿揍。

当然，不是每个人都被父母揍。被父母揍的，往往是偷油和偷米的那两个人。米和油是过日子最重要的两样东西，那时候都没有多余的，都是勒紧裤带过日子。野炊煎一次鱼需要的油，可能是一家两三天要用的量。一看油罐，父母就清楚了。野炊需要的米，也是够多的，十多个小朋友，少说也得拎出来三四斤米来。储米桶少了三四斤米，也是一目了然的。这三四斤米，是够一家人吃一两天的，会让父母格外心疼。

但打骂都挡不住我们对野炊的向往。一两个周末过后，我们又好了伤疤忘了疼，开始新的一次野炊了——当然，谁出油，谁出米，都是轮流来的，不能让某一两个伙伴老是挨打挨骂，得有乐同享，有难同当。

上初中后，算是懂事了，就没有跟着伙伴们野炊了。但那个野炊的习惯还是被村里那群"后浪"传承了下来——不过，现在肯定是没有了，因为现在的孩子根本就不用饿肚皮。

在大学，我们班也组织过一次野炊。班上男女同学搭配，分成了四组。我是我们组的大厨。其他组的菜都做得不好，难以下咽。只有我们组，味道很不错。男生马虎，喝着啤酒，即使难以下咽的菜最后也被消灭了。女生嘴挑，都跑到我们组来吃，边吃边给我点赞。这给我在女生中加分不少，但那时候我表面谦和，内心猖狂，我们班的女生，我好像一个也没看上。

从小时候野炊掌勺开始，我就喜欢上了做菜，觉得菜做得好，既可以让自己过得幸福，也可以让别人过得幸福，这是一种生活态度。不是吹，现在做家常菜，一般的饭馆大厨还达不到我的水平。

尝 鲜

人生是一个言、行、思不断重复的过程,有了第一次,就有第 N 次。从第二次之后的第 N 次,很容易让人淡忘;让人刻骨铭心,时常在某个时刻不由自主地想起的,往往是第一次。

半夜醒来,思考该写什么乡土散文了。突然想起那个销声匿迹了的农村习俗:尝鲜。这个习俗在记忆中就像那只断了线的风筝,已经随着岁月的飓风飘远,似有若无了。赶紧百度,发现百度释义为:吃应时的新鲜食品。这个释义,佐证了自己那不靠谱的记忆:尝鲜在没有解决温饱时候的江南农村,确实曾经普遍存在过。

那时候人多粮少,都在勒紧裤带过日子,一年有相当长一段日子,肚腹处在半空状态,于是,美美地吃一顿饱饭就成为一种奢望。尤其在早稻收割前,已经青黄不接相当一段时间了,靠野菜和照得见人影的稀饭度日——做稀饭的米,还是从劳动力多,人口少的隔壁邻居家借的。

储谷的木柜,存米的铁桶,早就空空如也,什么都没有了。一家人眼巴巴地盼着禾苗成长,抽穗,盼着稻谷由青变黄。有事没事都要到田埂上转悠——都在盼着稻谷成熟,盼着打禾,盼着颗粒归仓,盼着饱餐一顿,盼着缓解饥饿的滋味。

直到阳历6月底7月初,这个好日子才姗姗来迟。当然,填饱肚皮,没有天长地久,朝夕拥有,只有那一顿。所以,那一顿还有一个特别的称谓:尝鲜。尝鲜还有一些特殊的仪式。

尝鲜是早稻收割回来,碾出米来的当天,第一次吃那一年的新鲜大米饭,一般都放在晚上——晚上吃饱了,就可以美美地睡一觉,不会半夜就被饿醒。

米是新米,吃陈米就不叫尝鲜,把"鲜"字亵渎了,是一年大忌——当然,陈米早就被吃光了。

那天,一家人,早早起床,罕见地默契,为尝鲜憋足了劲,各司其职,各显其能。父亲挑了新收割的稻谷到半里外的碾米机房排队碾米;母亲从一个旧布包里抽出十来张角票到两三里外的镇上赶集买肉;我和哥哥带上渔网,提上桶,去一里多远的小溪里捉鱼;姐姐和妹妹到村口的池塘,下水摸螺蛳。那一天,老天爷格外开恩,我们都没有空着手回来。

父亲是最早一个出门,最后一个回来。他太阳出来就挑担稻谷出去了,要太阳下山了才能挑着大米和糠回来,正好赶上做晚餐。

那天碾米房排满了人,村上只有那一个碾米的地方。家家户户都等着碾米尝鲜,队伍排得很长,碾米房里外,遍地都是装满稻谷的箩筐。关系好的,可以插队,走后门。

碾米房伙计的手艺是父亲教的,当年父亲在县农机站工作,什么机器都会开,后来跟人争斗,落败了,被发配了回来,做回了农民。但父亲是老实人,又都是熟人,不好意思插队,就老老实实地排队等候,哪怕他那个徒弟过来,主动要他排到前面,都被他拒绝了。

早稻米粗糙,做的饭坚硬,有点硌喉咙,难以下咽。但这种感觉是解决了温饱之后,吃惯了东北优质大米的现在,才意识到的问题。那个时候,只要填饱肚皮就够了,哪还管那么多。

父亲踩着暮色,挑着白花花的大米回来,全家早就在门口恭候多时了。去小鱼内脏,挑螺蛳,洗辣椒,早就一切准备就绪,只等父亲挑米回来,淘米下锅,生火做饭。那时候灶是柴火灶,泥土砌的,有一排,共四个,共用一个烟囱:一个用来做饭,一个用来做菜,一个用来烧水,一个用来煮猪食。

从米下锅到做成熟饭，只要二十来分钟，炒菜也在同时进行。往往饭好了，菜也出锅，被端上桌了。

人家早就在盼着这一顿了，这一盼就是半年时间。那时候的农村，我们家只有在两个时段能够吃饱肚皮：一个是过年之后几天，一个是早晚稻米收割回来之后的几天。此前此后，都处在半饥饿状态。

母亲做饭量米，喜欢用双手捧。七口人，平时一顿三捧。最能吃的哥哥和最辛苦的父亲是两碗，其他人都是一碗，彼此心照不宣。现在，我们吃饭，或许只有一碗就够了。但那时候或在长身体，或劳动强度大，桌上也没那么多菜——七个人，桌上摆着的，也就两三碗菜的样子，无外乎辣椒、茄子、丝瓜、苦瓜、白菜、萝卜，偶尔也有半碗酸菜炒小鱼虾或者螺蛳。

尝鲜那顿，母亲往锅里放了五六捧米——都快一人一捧了。饭煮了，揭开锅盖，可以看到，整个锅都被白花花的米饭挤满了。一家人，过年过节那样热热闹闹，没有打闹呵斥，充满喜庆，一片祥和。

桌上摆着的，除了我和哥哥捉的鱼，姐姐妹妹摸的螺蛳，还有母亲从镇上买回来的肥肉煎油后剩下的油渣和油豆腐——不多，与新鲜辣椒炒在一起，刚好一碗，当然是辣椒多，油渣和油豆腐少。

但这一顿，已经是一年中罕见的丰盛了，桌上有五六个菜，仅次于过年，与过节（一般过端午和中秋）和父亲过生日了。

菜在桌中间，桌边摆着一溜儿白花花的米饭，散发出阵阵饭香，让人眼热心跳，口水直咽。

尝鲜不能马上开吃，还有隆重的仪式。

第一步祭灶，先让灶王爷（灶神）过把瘾。估计那年月，灶王爷也是饿坏了。把菜重新端进厨房，在灶上一字儿排开，饭只端一碗。取来筷子，搁在碗上。一家人在灶前排开，向灶王爷三作揖，恭恭敬敬地请灶王爷吃饭。灶王爷吃饭有点慢，这个过程要三五分钟之久。我们早就等不及了，但没办法，只能憋着，流着口水。

那时候江南农村祭灶，一年往往有两次。一次是小年，一次是尝鲜。当时的我，小小的心思在琢磨：我们吃不饱，灶王爷也吃不饱，甚至比我们更可怜，我们有一日三餐，能不能吃饱，吃什么都无所谓，但灶王爷一年只有两次吃饭的机会。据说，如果尝鲜不祭灶，灶王爷就记恨了，让你饭都煮不熟。

第二步是祭祖，感谢祖先的保佑。

其实，我想，祖先是在相当长一段时间不保佑我们的，因为我们都饿着——那滋味可真不好受。

终于等到这两步做完了，轮到我们开吃了。

这个时候，其实饭菜都凉了。但这不影响我们的胃口，大家狼吞虎咽，斯文扫地。

现在回忆起来，母亲形容说，我们第一碗饭是倒进肚里去的，不知道饭是什么味儿，菜是什么味儿——那五六碗菜，在第一碗饭吃完，我们也没明白是咸是淡。

只有到吃第二碗了，大家才放慢速度，开始慢慢咀嚼，细细品味——那一顿，我们都能吃上两碗饭，饭量更大的哥哥，可能要吃上三四碗。

那饭是真香甜，那菜是真可口。

尝鲜那一顿确实是吃好了，肚皮滚圆滚圆，像一只进食后的青蛙，觉也睡得格外香甜，直到自然醒。

现在，这种尝鲜仪式没有人记得了，祭灶也只剩下过小年那一天。

为什么有尝鲜？在这篇文章结束之际，我才想明白：尝鲜原来是那时候江南农村，趁早稻丰收之际，找个借口，让一家人美美地吃顿饱饭！

从第二天开始，一切又恢复了原样，我们又只能吃到七八成饱，并且逐日递减，半个月之后，改为只能吃个五六成饱了，常在半夜被饿醒。

行文临近尾声，也终于弄明白尝鲜这个仪式为什么灰飞烟灭了：那时候生活苦，都在饥饿状态下挣扎，把解决温饱作为奋斗目标；现在脱贫了，都要实现全面小康了，很多人也在奔富裕，再也不用体验那种忍饥挨饿的感受了。

很多人没有体会或者已经忘记了饥饿的滋味，但我记得，刻骨铭心，终生难忘——那种感觉不时在某个瞬间会突然冒出来。

偷　人

这是一篇命题作文。很久了，一直没有下笔，不是不知从何说起，而是担心有损形象。几位清北出身，在北京混得风生水起的老乡，于觥筹交错之间，异口同声地起哄，要我写写故乡的"偷人"风情。这不是无理取闹，而是一种特殊的情怀。那时候，我们的青春在路上，对情和性，既好奇又兴奋，村中男女一点儿风吹草动，都拨动着我们那根驿动的心弦，在对情和性的敬畏中完成了这个特殊的成长阶段。中国文字对情和性讳莫如深。现在，很多方面，我们已经领先世界；在情和性上，也到了睁眼看世界，审视这种共同人性的时候了，不能偏离时代轨道，更不能驶错了方向。

——题记

偷人又叫偷情，前者赤裸，后者文雅，意思没什么两样。

法律角度，不属于自己的东西，将其暗中据为己有，叫"偷"。但偷东西的"偷"与偷人的"偷"，意义截然不同。这个不同之处，只可意会，很难言传，你懂的。百度给出了"偷人"两种相去甚远的释义，不常见的那种，并非本文所指，拎出来就没什么必要了，我们只取你我皆知的那种："已经确立了恋爱关系或者婚姻关系，还和第三者保持亲密关系。"

上世纪七八十年代的江南农村，思想还很僵化和保守，两性关系是一块神秘的禁地，偷人是羞于启齿、伤风败俗、见不得人的（这也是管偷人叫"偷"的原因）。鉴于生活艰难，那时候，偷盗较为盛行，小则偷鸡摸狗，大则偷牛牵羊，也偷瓜果蔬粮。在种种不光彩的"偷"里面，最被人鄙夷不屑和唾弃的，就是"偷人"了。就连女人吵架骂人，最恶毒的就是"偷人养汉"。当然，这句话也不轻易骂出口。一旦出了口，那就是吵架的转折点了，要么升级为撕扯抓打，要么转身就逃，败下阵来。升级了，是因为被冤枉了；败逃了，是因为确有其事，被戳中痛处了。

见不得光的偷人都是在悄无声息地进行，当事人要千方百计地避人耳目，没人敢光明正大。一旦东窗事发，被捉奸在床，付出的代价、受到的惩罚也往往最重。轻则被人戳脊梁骨，抬不起头来，遇人都只好低眉顺眼；重则被打得鼻青脸肿，扫地出门，甚至闹出人命来，家破人亡，无法收拾。

尽管后果严重，可感情这东西，没有对错，在我们那地方，偷人还是"野火烧不尽，春风吹又生"，一年总要冒出来那么三五回，成为波澜不兴的乡村生活的 G 点，撩拨得老少爷们儿心猿意马。

那时候，我们的青春刚刚打开，憧憬爱情，渴望被滋润，也被压抑着，对偷情的认知，并没有像大人那样戴着伪善的面具，一副痛心疾首、一本正经的模样。在我们看来，偷情并非一件见不得人的事：偷情不也是一种对爱情的正大光明的追求嘛，犯得着那样喊打喊杀的吗？

之所以要偷情，是因为对当前的婚姻生活不满，积怨深了，就觉得家里那位这不是那不是，不做错，做了更错，做多错多；而别人家那位，这也好那也好，女是西施男是潘安，怎么看怎么顺眼，怎么看怎么顺心。这么一比较，就心理失衡，行为失态了。那时候的婚姻，不像现在，是恋爱自由、婚姻自主，有着深厚的感情基础。那时候，多为"父母之命，媒妁之言"，通过相亲认识，还没来得及记住彼此的容貌，了解对方的性情，就洞房花烛了，谈不上有牢不可破的感情——都是适龄青年了，将就凑合着过日子。

结婚了，同在一个屋檐下，朝夕相处久了，矛盾就破土而出，蓬勃生长了。生活不如意，性格不相融，三观不相符，地位不相称，相貌不相配，都可能成为出轨偷人的理由。蜜月期还好，新鲜感在，彼此迁就谦让。在一起久了，日子过得平淡如水了，矛盾就爆发了。受了委屈，心灵深处，总渴望一阵清风拂过，掀起波澜，总渴望一盏明灯在，照暖长夜，毕竟人还年轻，人生还漫长。这个时候，心灵脆弱，几乎不设防，对上眼的，一句贴心的话，一个心有灵犀的眼神，一次举手之劳的帮忙，都可能让两颗心火星撞地球，让两个人干柴烈火，在某个对的时间、对的地点，感觉对方就是对的那个人——都是过来人了，比婚前的矜持就要大方多了，大胆多了。

偷人者，心态各异，有人谋利，有人求欲，有人当真，当真的人，就像飞蛾扑火一样。

饮食男女，都有七情六欲。谋利和求欲，是一对孪生姐妹，往往女方谋利，男方求欲，各取所需。那时候，生存艰难，上有老，下有小，为了活下去，女方就可能在不经意间攀附权贵了。村里的书记、主任，生产队的队长、会计，蛮横的地痞，强壮的劳动力，都可能成为女方攀附的对象，用自己的身体，换回蝇头小利，帮助家庭渡过物质难关。男人占了便宜，当然也要在自己的能力范围内给予关照，投桃报李。事实上，这种情况，在哪儿都存在，常见的如现在娱乐圈的潜规则，就是这种情况的升级版。当然，不仅娱乐圈有，忙碌的职场也有，风光的官场也有。

运气好点，当事人情投意合，真诚相待，一方"恨不相逢未嫁时"，一方"悔不相逢未娶时"，这就动了真感情，把心偷走了。这种情况很少见，但不是没有。能产生这种真感情的，双方都是理智之人，先是有所克制，做得到"发乎情，止乎礼"。可感情这东西，没有对错，不可测，不可控。随着越来越懂你，感情越来越深，欲望也越来越强，天时地利人和一旦具备，一方稍有暗示，一方乘势而上，灵魂和肉体就彻底沦陷了。有第一次，就有第二次，以后留给法定另一半的只是一具行尸走肉，两人同床异梦，婚姻硝烟四起；留给情人的，则是最纯最柔的那一面——这就到了偷人的最高境界，既偷了人，又偷了心。

人心都偷了，当事者就在高空走钢丝，险象环生了。没有电视、网络娱乐的年代，村民都很八卦，往往好事不出门，坏事传千里。爱八卦的村民对偷情的跟踪不比狗仔队差，他们在暗处时刻盯着呢。没有不透风的墙，时间一久，谁和谁"那个"了，就谣言四起，甚至被当场捉奸。

偷人了，最好的结果是有情人终成眷属，修得正果，苦尽甘来，要么趁月黑风高夜，两人约好了私奔；要么打破原来的家庭，重新组建新家。这种情况不多，但确实有。次一点的是，从此收心养性，斩断孽缘，回归家庭，得到另一半的原谅。最差的是鸡飞蛋打，一方离了，解脱了，自由了，以为可以开始新生活了；另一方却紧急刹车了，回归了，从此没有非分之想了。

对偷人双方，旁观者往往纠结，虽然在道德上谴责，但在感情上却是同情。我十三四岁那年，村里有一对痴男怨女，偷情被抓后，私奔到了广东，成为村里到广东打工的开拓者。他们离开后，就再也没有回来——对他们来说，家乡只是伤心地。据说，他们现在也没与原来那一半办离婚手续。对他们来说，婚姻不重要，相爱相守才重要，一张结婚证只是形式，他们要的是内容，是相濡以沫的岁月。记得当年被捉奸后，他们被赤裸着绑在村口的两棵大树上，供人围观，供人打骂，供人唾弃，被折腾了整整一天。夜深人静，村人散去，不知是谁给他们松了绑，还是他们自己挣脱了，反正两个人深一脚浅一脚，连夜逃跑了。

还有一个偷情的悲剧，至今让人倍感唏嘘，不愿被村人提起。村里有个人，通过当兵，吃上了皇粮国饷，留在省会长沙了。后来其女回来，寄居在亲戚家读初中。这是一个动情的年纪，结果这个省城姑娘和村上一位英俊小伙相爱了，也偷吃了禁果。姑娘父母知道后，死活不同意，将女儿带回了长沙。女儿又逃了回来。如此三番，折腾了三年。父母做主，将女儿嫁给一汽修厂工人，硬是将相爱的两个年轻人活活拆散。在父母干预下，小伙子也不得不娶亲成家。可后来，姑娘离婚了，又回到了小伙子身边，成了第三者。这种相爱无婚姻，有婚姻不相爱，又在一个屋檐下，弄得全家乱成一锅粥,夫妻吵,婆媳吵,老婆情人吵。实在受不了,小伙子啥都不理了,一个人远走云南,两个女人都没带,后来又在云南安家落户,很少回来。

当然,见过偷人偷出水平来的,有个儿时伙伴,现在还享着齐人之福,一个人在几个女人之间周旋,如鱼得水,几个女人也相安无事。这伙伴很擅经营,在当地是能人,开车,包挖土工程,做得有声有色。他有多个女人,对谁都不错,给老婆开了一个洗车店,又利用关系,把一号情人安排在镇医院做护士,把二号情人安排在当地一个民办学校做老师。至于那些露水情人,有困难了找他,他都乐意倾囊相助。家由老婆经营,母亲由老婆伺候;外出应酬,就把情人带上,今天这个,明天那个,让当地男人"羡慕嫉妒恨"。问他,他说:我对她们都是认真的。

人生苦短,如果没有爱情,那就成了一潭死水,没有了波澜,也没有了生气。匈牙利伟大革命诗人裴多菲说:生命诚可贵,爱情价更高。对这个观点,我也是举双手赞同的。对于偷情,我认为要一分为二地看,鞭挞鄙俗的,同情真感情。为偷人而偷人,没啥可以歌颂的;有真感情地偷人,令人唏嘘。

露天电影

小时候没有电视，更没有网络，最爱的娱乐就是露天电影了——镇上有电影院，平时不放映，只有春节前后，才放映半个月，过完元宵节就关了，其他时间看电影以露天电影为主。

露天电影也不可能夜夜有，一个月能碰上两三回，就谢天谢地了。有时候一个月也碰不上一次，心里就很失落，觉得那个月白过了，精神生活一片空白。

放露天电影，有公私之分。

公家放露天电影，主要是由村集体或生产队掏钱。村集体和生产队爱放电影，尤其是在"双抢"之后，放三五个晚上的电影来慰劳辛辛苦苦的村民。村集体先带个头，然后村里几个生产队，不甘落后，商量一下，轮流来，今晚你放，明晚我放，后晚他放，都选在各自生产队的晒谷坪上。公家放电影，有个重要仪式，那就是重要人物讲话。放完一个拷贝，趁换拷贝期间，村集体或生产队的带头人，也可能是德高望重的长辈，都要来一段热情洋溢的发言，把放电影的来龙去脉说清楚。我家叔伯舅姨从来没有在这种庄重场合发过言，因为辈分或地位都不够，没有资格。

遇上红白喜事，私人也喜欢放电影。白喜事是为图个热闹，把村民召过来为过世的人守灵。这种电影要通宵达旦地放，天亮了才结束，半夜了还每人有碗热气腾腾的臊子面。这种场合，碰上寒暑假，真的晚上看通宵，白天睡觉了。红喜事放电影多为大寿庆生（以六十岁和八十岁及以上为隆）和升学。庆生了，承担放电影费用的主要是女儿女婿，侄儿外甥，一人承包一个晚上，人丁兴旺的家庭，连续放映几个晚上，让人感觉特别过瘾。升学放电影，往往是考上了大学或中专，跳出了农门。七大姑八大姨一兴奋，就把放电影的费用凑了，与附近村民众乐乐。红喜事放电影，村民兴高采烈，全村洋溢着节日气氛。

露天电影一般是一个晚上放两场，其中有一场必定是情节曲折、场面火爆的功夫片，其中《少林寺》《木棉袈裟》《黄河大侠》《神秘的大佛》等是我们百看不厌、流连忘返的。另一场配战争片或者爱情片。战争片有《上甘岭》《铁道游击队》《平原枪声》《地道战》《天山上的来客》等；爱情片有《红梦楼》《牧马人》《马路天使》《庐山恋》等。村里的恋爱男女，看爱情片的时候，一边看，一边躲到晒谷坪的草垛后面卿卿我我去了。那时候所谓的卿卿我我，就是远离观众，坐在草垛旁，边看电影边聊天，看着电影里的镜头眼热心闹，私下里手都不敢碰一下。

最让人激动的就是功夫片，连续数日，大家激情澎湃，心痒手痒脚痒，白天见了面，模仿电影中的一招一式，喊打喊杀，热闹非凡。

有电影的那天晚上，各家各户的晚饭吃得格外早。实在晚了，就暂时按下，等看完电影回来再吃。下午三四点钟，电影院的放映员就踩着单车来了。村里早就有年轻力壮的小伙子赶过来帮忙摆弄放映设备，做着准备工作。公家放电影，谁家生活好点，放映员就在谁家吃晚饭。招待放映员是一种荣耀。私家放电影，谁家放的就在谁家吃晚饭。放映员吃完饭，小伙子就已经在晒谷坪旁边的田埂上打下了两根木桩，把白晃晃的银幕挂在了木桩中间。放映员安排年轻人就近搬来一张八仙桌，放在晒谷坪的中央，然后把放映机放在桌上，调试设备。

中午早早就有人到镇电影院挑选了片子带回来。这是一项很神圣很光荣的工作，挑回来的片子要大家都喜欢才行。放映员摆弄放映设备的时候，各家各户的小孩陆陆续续、争先恐后地从家里搬来长条凳，在晒谷坪上占座位。十来分钟的时间，晒谷坪上就摆满了长短、高矮、大小不一的各色长凳。围绕放映机周边的位置是最好的，很正，不用斜着眼睛看，尤其是放映机前。往往每家搬出两三条长凳，一条凳挤三个人。天没黑透，电影没开始，晒谷坪上就坐满了男女老少，闹哄哄的；电影一开始，马上就鸦雀无声，只听到电影声音了。放映机前的位置好，除了正，更重要的是换拷贝空隙，可以站起来，把头像投放在银幕上，还可以做出各种各样的手势，让人异常兴奋。

看露天电影，以方圆两三里路的范围为宜。再远点，大人就没兴趣了；小孩则乐此不疲，再远都不怕。各村都有孩子王，在孩子王带领下，呼朋引伴，一群人十多个，浩浩荡荡地追电影，翻山蹚水，甚至走八九里路。晚上回来，马灯手电都没有，只有星星、月亮、萤火虫的微光照着来路，深一脚浅一脚的，夏夜有虫吟鸟叫，冬夜死一般寂静。去的时候，步伐比较一致，大家有说有笑；回来的时候，就不一样了，捉弄人的心思也上来了，尤其是看了《画皮》这样令人毛骨悚然的恐怖片。大孩子呼呼啦啦地往前跑了，小孩子在后面拼命追赶，追着追着就掉队了，心里怕得要命。夏夜，鞋后跟带起的沙石打在身上，就像鬼躲在暗处故意往人身上扔似的，让人怕得心都提到了嗓子眼了。有时候，落在最后的，迷路了，走来走去，发现还是在原地踏步，就像"鬼打墙"似的。夜深了，大人一觉醒来，发现自家孩子还没回来，不得不打着灯笼火把，一边呼喊，一边寻找过来。找到了，难免扇两耳光，踢两脚屁股。

近的地方看电影，都是搬长凳；到远的地方看电影，顺手拿一条蛤蟆凳。蛤蟆凳只有巴掌大，只能搁下屁股的三分之一。但蛤蟆凳轻便，好放，拿起来方便。拿蛤蟆凳看电影，一般都坐在银幕底下；坐其他地方，就被挡了视线，看得不过瘾。

电影里，人物栩栩如生，活灵活现，那一颦，那一笑，那眉眼，那身材，那性情，都让人如痴如醉，情难自禁，也让人爱憎分明，如在梦里，如临其境。放《红楼梦》那会儿，村里有个鳏夫还真沿着挂银幕的木桩爬上去，到银幕上拥抱亲吻林黛玉，半天叫不下来。那时候，少年的我也追星，喜欢刘晓庆、朱琳、陈冲，觉得她们就像仙女一样美，商店里挂满了印着她们头像的小卡片，我没什么钱，但也省出钱买了几张，挂在床头，不时看上一眼，也憧憬将来找一个像她一样漂亮的女朋友。

初三在学校住读，紧张的学习之余，对电影的嗜好有增无减。学校附近的村庄放电影，白天得到消息，我们早就按捺不住了，心猿意马地坐在教室里，坐立不安。晚自习，等班主任巡视完，他前脚刚走，我们后脚就溜了——班主任也看电影去了，教室里很快就走掉了一大半人。但得在班主任回来之前赶回教室，即电影没放完就要回来，难免意犹未尽。当然，也有一咬牙看完了再走的，但放完电影，路上得跑着回来。

学校也偶尔放放露天电影或者到镇电影院包场，让师生一起过过精神生活。这种大事要校长拍板。上了年纪的校长很古板、很严肃，不食人间烟火似的，但也有被年轻教师说动的时候，只不过很少，一个学期就那么两三回。那种电影，一般是放一个教育片，一个娱乐片。到电影院包场，拿票，记得《妈妈再爱我一次》就是在电影院看的。情到深处，电影院满院哭声。把放映员请到学校操场来放露天电影，则是以班级为单位，搬出凳子，把操场占满，坐满。同性之间的亲疏，异性之间的微妙，在占座位时一览无余地展现了出来。

放露天电影，最难受、最遗憾的就是突然下雨，把大家的兴趣浇灭了。小雨没人在乎，能挺过去就挺过去，一边淋雨，一边看，别有一番滋味。雨大了，就没办法了，不得不恋恋不舍地离开，一边往回走，一边回头看银幕，期待老天开眼，突然把雨停了。看到一半停下来，心中那种遗憾，就像失恋一样深刻，让人躺在床上，辗转难以入眠，折磨死人了。

夏夜有蚊子，冬夜太冷，但这些都挡不住我们看电影的热情。碰上运气好，一个晚上可能连放三场露天电影。那可真是让人感觉过瘾，又不耽搁睡眠，不影响早起，一切刚刚好。

看完三场电影,回到家里,也就是十一点钟的样子(尽管那时候睡得早,一般九点前就上床了),身子一沾上床板就进入了睡眠,睡得格外沉,格外香甜,梦里全是电影中的场景、情节和人物,仿佛把电影重新看了一遍,仿佛自己成了电影中那个主要角色,有股闯荡江湖、快意恩仇的豪气。

我现在还喜欢看电影,哪怕是一个人。坐在电影院的角落里,一边看,一边回想看露天电影的小时候,总有一种特别的感觉慢慢地升起来,漫过心,漫过全身,漫过头顶,让自己彻底沉浮在别人的悲欢离合中。

纸包糖

酸甜苦辣咸，小时候，最喜欢的味道是甜，最爱的零食是纸包糖。

只要口袋角落里揣着一颗纸包糖，即使不吃，就是间或捏一捏，想一想，都觉得满口生津，生活是甜的，让人充满期待和神往，走起路来，脚步格外轻快；干起活来，心态分外积极。

谁都喜欢甜，因为稀有，更加弥足珍贵。记忆中，那时候的糖只有三种：白砂糖、甘蔗糖、纸包糖。

白砂糖是病人吃的。感冒了，刮痧了，不能吃咸的，咽不下饭，母亲就从储物柜里找出来一包白砂糖，打开，用调羹舀出来半勺，放进白粥里，搅匀了，尝一口，觉得甜味合适了，再把白砂糖重新包好，放进储物柜。

甘蔗糖是老人吃的。已经自力更生，能够挣钱了的晚辈逢年过节，看望长辈，往往买上两斤甘蔗糖，拎上三斤猪肉。长辈把甘蔗糖放在床头枕边，在寂寞的夜里，用手掰下一小块，丢进嘴里，含着，独享那份甜蜜。长辈偶尔给自己喜欢的孙辈分一点，尤其是在寒冷的冬夜需要某个孙辈陪他（她）睡觉暖被窝的时候。

秋末冬初，生产队收割甘蔗，熬制蔗糖，蔗糖出锅，也可能见者有份，给围观的小孩赏一块小的，解解馋。拿着那块手指大的蔗糖，小孩子心满意足地跑开了——守候了那么久，就是为了这一刻，就是为了这一块糖。

纸包糖是小孩的专属。大人和老人都能忍住不吃纸包糖，给小孩们留着。长辈，尤其是亲戚串门，往往给小孩带一两包（一般一包一斤）纸包糖，作为礼物。否则，礼仪上过不去，情感上更过不去。见到纸包糖，我们马上就觉得那个亲戚是"亲上加亲"了。

其实，纸包糖是供过于求的，因为大家没闲钱买。记忆中，两三里外的镇供销社不是缺这，就是缺那，唯独纸包糖不缺，永远都摆在透明的玻璃橱窗里，五颜六色，闪烁着魅惑人心的光芒。

八十年代初，村里有钱有势的人家，开起了小卖铺，出售日杂百货，纸包糖是主要商品。只要有钱，就可以到小卖铺去买纸包糖。大人买整的，一斤一斤地称，用来走亲戚或作为年货；小孩买零的，一颗一颗地买，一分钱一颗，用来独自享用。

那时候，挣钱很难。为一颗纸包糖，我们屋前屋后到处寻找废纸、玻璃（以农药瓶居多）和废铁，收集起来，积攒够了，拿到镇上废品收购站，换回一毛几分的零钱。这些钱，被我们计划着用，躲着大人，一天换两三颗纸包糖。

有时候，我们也盯着大人从地里干活回来，换洗衣服。他们把衣服一脱，一转身，我们就偷偷地摸上去，快速地搜遍这些衣服的口袋，寻找被大人遗忘的零花钱。多的不敢拿，纸钞不敢拿，那些一分、两分、五分的硬币，就被我们悄悄地据为己有了。这些钱，大多用来换成了纸包糖。

纸包糖的外包装是一层彩色的纸，花花绿绿的，上面印着各种各样的图案，有可爱的动物，有《三国志》或《水浒传》中的人物，也有的只是红绿相间的两种颜色。包装纸中间是充实的硬块，两头是萎缩的纸束，纸束按顺时针方向被拧得严严实实。沿着逆时针方向，打开纸束，包装纸就被剥开了，露出来拇指大小的坚硬的糖块来。

伸出手指抓住糖块，小心翼翼地塞进嘴里，用舌头舔舔，整个嘴就甜了，整个身子都酥了。一颗糖，可以在嘴里停留很长一段时间。下课铃响，跑到学校旁边的小卖铺买一颗纸包糖，剥开了，把糖块含在嘴里，上课了还舍不得嚼碎。课堂上，不敢有动作，怕惊动老师，被抓了现行，只得含着，一堂课都是甜的。到一节课结束，发现整个口腔都被甜麻了，半天缓不过劲来。嘴里含了东西，腮帮鼓鼓的，极易被老师发现。老师也不戳穿，只是把你叫起来回答问题。老成调皮的，为护住那颗糖，装聋作哑，一问三不知，老师也无可奈何；像我们这种心眼实诚的，不得不狠起心来，在从座位上站起来那一刻，把整颗糖囫囵吞下去，白白地损失了一颗糖块——甜味才刚刚开始，远没尝够，都意犹未尽呢。

吃纸包糖，有三种状态，反映吃者三种个性。格外珍惜的，小心翼翼地舔，一颗纸包糖，半天都在嘴里。性格中庸者，伸出长长的舌头，缠绕着糖块，在糖表面卷来卷去，把那层刚融化的甜淋漓尽致地舔尽；饕餮之徒，觉得含在嘴里不过瘾，嘎嘣嘎嘣地三下五除二就把糖块嚼碎了，吞下肚去，追求那种短时间内的巨大浓度和面积的甜味满足。

客人串门带来的纸包糖，表面上是给我们带的礼物，实际上被大人收下了。大人拆开一半，留下一半。拆开来的，给我们分了，每人分得三五颗。留下来的，藏进储物柜，在合适的时候，再拿出来，或分给我们；或串门的时候带上，作为礼物送给亲戚家的小孩。被父母藏起来的，往往被我们日夜惦记，躲过父母的注意，我们今天偷一颗，明天偷一颗，你偷一颗，我偷一颗，很快也就偷没了，剩下空空如也的包装纸，孤零零地躺在储物柜里。

村里有人办红喜事，如新房竣工、相亲结婚、体面人家的老人大寿，都流行给围观小孩发喜糖。那些日子是小孩们的节日，大家都期盼着，时间一到，呼啦啦地一下涌了出来。

新房竣工，晚上都要摆酒席，宴宾客。宴席开始前，泥瓦匠在横梁上、屋顶上对歌，唱着各种各样的吉祥话，主人在下面向围观人群抛糖。泥瓦匠唱得越激越，主人撒得越兴奋，我们抢得越狂野。抢的人越多，抢得越凶，越有喜庆气氛，主人就越高兴——这种喜事一生难得有一回。

相亲结婚和过大寿，要文雅一点，有部分喜糖是撒的，供我们抢；更多的则是分发，保证人手有份，多则七八颗，少则三五颗，都没有意见。如果一味地抢，没有抢到的小孩，就会哭出声来。这是喜事场合最不愿意听到的声音，有不吉利之嫌，是要尽量避免的。

嘴里含着糖，日子是甜的；口袋里揣着糖，生活就有盼头。那年月，纸包糖的作用可真大。父母哄小孩，拿出一颗纸包糖，准行，要小孩干啥就干啥。小伙伴吵嘴了，打架了，过段日子后，一方想和好了，给对方一颗纸包糖，比任何道歉认错都管用，所有矛盾立马烟消云散，哪怕打架的时候动拳头，打得头破血流，互相指着鼻子发誓称一辈子不再理对方，在纸包糖面前，这些都不是事儿，两个人马上握手言和，化干戈为玉帛了。

读小学的时候，班上有个漂亮女生，是文娱委员，唱歌很好听。四年级的时候，突然听说她要转学了，心里很是不舍，希望她留下来。怎样才能把她留下来呢？那时候，天真地想，如果给她几块纸包糖，也许就把她留下来了。于是从家里偷了五颗纸包糖，揣在口袋里，准备找机会给她，要她留下来，但一直没有勇气和机会说。直到有一天上学，发现她的座位上空荡荡的，才知道她已经转学到其他学校去了。捏着口袋里那五颗纸包糖，心里生出来许多惆怅，吃糖的心思都没有了。

后来那位女同学成了一位军人，英姿飒爽。再见面已是三十多年后，在一起聊到小时候的记忆和故事，高兴处，我把那五颗纸包糖的事跟她说了。大家眼泪都笑出来了。她说没想到还有这事儿——我把纸包糖送出去，她就知道了；我没把纸包糖送出去，她肯定就不知道了。

人生就是这样，小时候，少年时候，青年时候，经历的一些人和事，在中年和晚年的时候回味起来，真是别有一番滋味在心头，就像那颗纸包糖，让人回味隽永，余味无穷。那些经历过的，无论贫穷富裕，无论是非对错，无论痛苦快乐，都是人生的胜景，给我们带来欢乐，带来启发，带来情感波动——过往的，都是晴天！

单　车

爱美爱时尚是人之常情。那时候，追逐时尚，在我出生成长的偏僻农村要比城市慢十年。以开启新生活的结婚为例，手表、单车、缝纫机为城市上世纪七十年代的结婚三大件，在我们那儿却是八十年代的事情。

食有鱼，出有车，夜来红袖添香陪，是中国男人的生活梦想。那时候，看着穿笔挺中山装的乡镇干部骑着单车，碰到熟人，刹车，下车，支车，点上一支烟，闲聊两句，然后跨上车，骑走，那个挂在龙头（车把）上的公文包晃来荡去，神气极了。这一幕，让十来岁的自己羡慕不已，希望那就是自己长大后达到的人生最高境界。

1984年，书生模样的大队会计买了一辆崭新的单车。骑着单车，他的身价马上上来了，宛若升级了，当上了乡镇干部,成天趾高气扬的,到哪儿都要骑单车,趁机炫耀一下,哪怕只有三五十米的路。母亲在晚餐桌上形容说,会计就连上茅厕,也要骑单车。会计的举动,起到了很好的表率作用。其后三五年,村里买单车蔚然成风,城里的单车开始在我们村安家落户。

轮到我们家买单车,算是全村最后进的几户之一了。1987年,我读初二。那两年风调雨顺,还沾了袁隆平的光,水稻制种的重任落在我们那儿,亩产尽管低点,但一斤按十斤算,国家收。家里养的猪也长得膘肥体壮。在交完我们学费后,破天荒地剩下八十多块钱。正当壮年的父母兴奋极了,一夜没睡后,第二天揣着那八十块钱,又挑了一担黄豆,到镇上赶集去了。回来的时候,他们推回来一辆崭新的凤凰牌单车,还拎回来两斤肉,像是庆贺家里添了新成员。那部单车要一百多块钱,是当时家里最值钱的东西了。

从学校回来,看见摆在堂屋中间的单车,我们兴奋得手舞足蹈,吃饭的时候,都要端着碗,围在单车周围吃,边吃边用目光抚摸。只有掉光了牙齿的奶奶,不情不愿地念叨:败家子!在奶奶眼里,要花钱买的东西,除了必需的农具、家具和柴米油盐,其他都是败家行为,脚是用来走路的,单车是没必要买的。

单车有了,骑车还是个问题。家里第一个学会骑车的,不是父亲,是母亲。年轻的母亲聪明灵巧,酷爱尝试新鲜事物——估计做出买单车决策的，也是母亲。从地里干完农活回来，母亲就叫上父亲，推着单车，到村前晒谷坪上学骑单车。母亲骑，父亲在后面扶。那画面很像今天流行的那句话：扶上马，送一程。刚学单车的母亲，眼睛总不放心地盯着龙头和自己的脚，无法平衡人和车，东倒西歪，左拐右扭，不时倒下来，弄得父亲满头大汗，却也乐在其中。直到十多天后，会计对母亲说，要目视前方，看路不看车，母亲才终得要领，悟出门道，走上正轨，渐渐地不用父亲扶了。感觉母亲学会了，父亲就松手了，跟在单车后面跑，不作声，没事；一作声，知道父亲松手了，母亲就慌了，开始东倒西歪，不一会儿就要倒下来，吓得父亲赶紧上前再扶。

母亲学会后，父亲学。父亲很笨拙，他谨小慎微、胆小怕事的性格，在学骑车上淋漓尽致地表现了出来，学得十分吃力。很多次，他自己都放弃了，但母亲没有放弃，一直鼓励他。父亲在两三个月以后，才不用母亲扶。那时候，母亲已经骑着自行车，在马路上飞驰，跟拖拉机比谁快了。父亲一直没有胆量骑上单车在马路上奔驰，记忆中，他只骑单车去过镇上两回。在马路上骑车的父亲，只要看到路上有人、有车，甚至有动物，他心里就慌了，东倒西歪，手脚不听使唤，龙头扭来扭去，扭向哪边他都不放心；看到对面有车驶来，父亲老远就下来了，从来不敢骑着单车与车擦身而过，即使路再宽。父亲也多次带单车到镇上赶集，但来回都是推着,不是骑的,车后座绑了很多重物,如粮食、蔬菜、农药、化肥,比肩挑省力、方便。当然,父亲两手空空上街,也喜欢推着单车去,即使不骑,那也是一种财富的炫耀、能力的标榜、身份的宣示。那段时间可能是那对常为一点儿琐事就吵上一架的贫贱夫妻的高光时刻,也是一生感情最甜蜜的时候。那辆单车是他们在自己手里置办的最奢侈的一件家当了,至于后来的家电,空调、冰箱、消毒柜、洗碗柜,都不是他们自己买的,是我们做儿女的,帮他们花钱买的。

父母学单车,除了奶奶,几乎全家出动。在父母累得气喘如牛,坐在晒谷坪边上歇息的时候,我们也没让单车闲着,轮流着学骑单车。哥哥最霸道,他是家里第二个学会的。天黑了,月亮出来,父母回家做饭菜,单车就留下来给我们,算是我们扶了一天的犒劳。莹白的月光下,我和哥在晒谷坪上学车,我扶,他骑。父母叫我们吃饭了,要回家了,才轮到我骑会儿,他扶,算是对我扶车的奖赏。那时候,哥哥已经人高马大了,坐在单车上,看那背影,与父亲无异,一个劳动力了。我个子小,跨不上,就把左腿踩在这边的脚踏板上,右腿从三脚架之间的空间斜插过去。这种方式很简单,启动、奔跑和刹车都方便,没过多久我也学会了。鉴于这种不雅观的骑车方式,我被村人起了一个很不雅的绰号:拐拐。这个绰号被伙伴们叫了相当长一段时间,现在回家,与他们聚在一起,还被偶尔提起。

学会了单车，到哪儿都想骑车，不想走路。只有始终是"半桶水"的父亲，在新鲜感过去后，还是以走路为主。印象中，姐姐始终没学会；妹妹小，没有学。母亲、哥哥和我，到哪儿都爱骑。父母要我们到镇上买点什么东西了，起初不乐意跑腿，但只要父母给了单车钥匙，就一溜烟地骑着单车跑了。那辆单车在买回来一年内，钥匙都别在父母腰带上，他们一人一把，要骑单车，得他们批准才行。为家庭公事，很容易拿到钥匙；为个人私事，那就难了。哥哥是学画画的，"狐朋狗友"多，寒暑假到处跑，到同学家去玩，哥哥要钥匙，父母不给，为此，哥哥跟父母赌过很多气，十天半月对父母不理不睬。一年后，单车渐渐陈旧了，父母也想开了，放松了监管，把钥匙放在一个没上锁的抽屉里，谁爱骑谁骑。这让我们高兴坏了，在学校与家之间，在家与镇上之间，在家与亲戚家之间，在家与同学家之间，骑单车出行，成为我们的不二选择。

距家两三里的镇上，要经过一个斜坡。那坡是在后来马路重修后，坡度变小的，当年可是又陡又长。那个坡是我们骑单车的最爱，上坡和下坡，都给我们带来不一样的感觉。村里骑单车的，尤其是新手，把不下车就能直接冲上坡作为骑车技术成熟的标志。上坡前，老远就把脚踏板踩得飞快，加速前进，可往往冲不到三分之一就慢下来了，到二分之一就筋疲力尽，要从车上下来了。后面一半路，全凭一口气和坚强的意志支撑。冲到一半，不能再坐在座位上，要站起来，左右脚分开用力，当一只踏板升到最高处，把身体重量全部压在一只脚上，踩下去，才能勉强维持单车前行，还要走S路。我是尝试了很多回，好不容易才冲坡成功。上得坡来，已经汗流浃背，湿衣服贴在肉上，碍手碍脚。站在坡上，蓦然回首，看着那长长的坡，不相信自己真上来了，一股征服的豪情油然而生，觉得这个世界没有什么克服不了的困难。下坡，是最幸福的。下坡时，我们刹车都不捏，放任人和车在重力作用下，越来越快，风驰电掣，只听到耳边呼呼的风声，只看到两边树木和房子，箭一样后退，只感到衣袂飘飘，欲仙欲飞。那种感觉，估计在城里骑车上班一族是没法体验和享受到的，刺激得人只想闭上眼睛，啥都不管，啥都不顾了。

乡下马路质量差劲，晴天是石头，磕磕碰碰；雨天是泥土，缠缠绵绵。骑得快了，遇到突发状况，摔跤在所难免。有时候，人车倒地，摔得鼻青脸肿，磕得鲜血直流，甚至膝盖处看得见森森白骨。可谁也不在乎，从地上爬起来，推着车，忍着痛往回走，数天伤好后，第一件事还是骑单车——都已经把能不能骑车当作检验伤势好没好的标准了。记得摔得最惨的一次是自己骑着车，有点快，惊了路边吃草的牛。那牛一怒之下，向我冲来；我一急之下，向马路对面急打龙头，结果连人带车掉进了路边深深的溪流里。幸好自己反应快,高高跃起,人跟自行车脱离了,否则,更惨。那次,不仅成了落汤鸡,身上还碰出来多处伤口,鲜血淋漓。

少年时候,骑自行车最难忘的场景,是捎了一回心仪已久的邻家女孩。她长得很好看,学习成绩很好,是自己喜欢的那种。有一次看她出门,急急忙忙骑了单车追上去,勇敢地表示要送她一程。她跳上来,坐在后座上,一只手拉住了我的衣角。我很得意,很想炫耀自己的车技,把车骑得飞快。也许那时候还小,只顾炫耀,没顾及她的感受,弄巧成拙了,单车上蹿下跳,十分颠簸。我的座位有皮垫,感觉还好。可后座没有皮垫,只有几根坚硬无情、不懂怜香惜玉的钢棍铁丝,颠簸把女孩屁股弄疼了,她跳下去,宁愿自己走路,再也不愿上来了。三五分钟之间,经历了多愁善感的两重天:她跳上来,我欣喜若狂,春风得意;她跳下去,我怅然若失,郁闷不乐。

至今,那种青涩的少年滋味仍然留存在记忆中,就像藏在硬盘中的那篇很久以前写下的文章,隔段时间打开来重读,还是那样清晰清楚,回味起来,叫人忍俊不禁。不知道那个已经为人妻、为人母的邻家女孩是否还记得,当年坐在邻家少年单车后座,把屁股颠得生痛生痛的青涩往事。

钢　笔

少年时代的文友、现腾讯公共事务部副总裁肖黎明前后送给我三支万宝路钢笔,希望我妙笔生花,多写好文章。这层意思我是心领了,但那笔一直搁在书柜里,没怎么用,只在每次新书出来,给读者朋友签名时,偶尔用用。

看着那些笔,心里滋生出一股特别的感情:要是这笔二三十年前在自己手里,该多好呀!虽然把自己定位为"熟练的码字工人",但用笔少,基本上用电脑。电脑写起来快,储存、修改、发送便捷,字体漂亮,看着舒服。大学毕业后,我就完成了从钢笔书写到键盘码字的过渡。搁在书柜上的那几支笔,还是把我带回了当年关于钢笔的情怀和故事中。

那是个贫瘠的年代,在那个残破的乡下,幼儿园也没有，从小学一年级到三年级，用的是铅笔。每天上学前，请父母哥姐用菜刀帮忙把铅笔削好。每支铅笔，烟蒂长短了，仍然在用。也曾两次有过削笔小刀，是考试前夜，父母花八分钱，在村口小店给我买的。好几次削铅笔，把指头划开，皮开肉绽，鲜血直流——那点伤，那点痛，对农村孩子来说，不算什么——记忆中，自己身上的伤，不是这儿，就是那儿，跳出农门之前，从来没有断过。富家子弟有专用的铅笔转刀，把铅笔插进去，转动笔身，就看到一圈圈薄薄的木屑出来，让人羡慕极了。用转刀，不用担心受伤害。四五年级，开始用圆珠笔。那时候，圆珠笔的质量不行，写着写着就漏液了，沾得满手都是，洗都洗不掉。小学毕业，考试答题要求用钢笔。这是大事，当年小学升初中，要考试，考不上，要么复读，要么就辍学做农民了。父母找姐姐协调，借给我一支半新钢笔，考完还她。这是我第一次正儿八经地用钢笔。整个考试，都在用钢笔书写的兴奋中不知不觉地结束了。

　　四五年级也偶尔用用钢笔。当姐做完功课，准备把钢笔收起来，放进书包之际，厚着脸皮向她借；在哥出去玩的时候，从他书包里把钢笔偷偷找出来，在他回来之前悄悄放回去——即使哥在玩，他的钢笔，我是借不到的，他宁愿让笔闲着，也不愿借给我用的。

　　那时候，钢笔不只是书写工具，更是满腹经纶、才华横溢的象征，要高人一等的。乡下形容人知识渊博、头脑活络，见过大场面，口头禅是"他肚子里墨水多"；最高境界是"喝过洋墨水"，即到国外留过学。同村有个伙伴，数学可以，语文差劲，听大人夸人"喝过很多墨水"，信以为真，趁人不注意，还真拧开墨水瓶盖，仰头就喝，感觉不对时，一瓶墨水快喝完了。结果被拖到镇医院洗胃，医院前面的坪地上被他吐得一片乌黑，他就像一只被人捉住的乌贼鱼。

至于社会人士用钢笔，算是特殊阶层的标识了，那些乡镇干部、村长、会计，以及初高中文化的知识分子，夏天喜欢在衬衣上衣口袋，冬天喜欢在中山装上衣口袋，别一支笔，笔帽外露，笔身内藏，以此表明自己是一个有知识、有文化的与众不同的人。有大字不识一箩筐的村民也爱东施效颦，借此提升身价。那时候，在上衣口袋别一支钢笔，既是一种时髦的装饰，又是身份、地位、内涵的象征，与那些蛮霸、粗暴的泥腿子区隔。后来，拿笔杆和握锄头把的渐渐地演变成我们当地"吃皇粮国饷"和"做农民"的代名词，也暗示了我们长大后两种截然不同的人生。适婚青年相亲，男方为标榜自己知书达礼，不胡搅蛮缠，懂怜香惜玉，也爱在上衣口袋别一支笔。这笔一别，效果立现，女方及亲友团马上刮目相看，好评直线上升，一些身体上的微小瑕疵都被选择性地视而不见了。

初一，我也换过两三支钢笔，但都是哥姐换新钢笔了，旧的给我，就像他们穿新衣服了，旧衣服给我一样。那些笔，多少有些问题，也还能将就着用。真正第一次拥有自己的新钢笔，是在初二、初三的时候，还是靠本事挣的。初二是学校作文比赛，我得了一等奖；初三是上学期成绩排名，我得了第一名。奖品有钢笔、作业本，其中最贵重的就是一支崭新的派克牌钢笔。那钢笔算是镇上供销社最贵、最好的了，要一块多钱。哥姐眼红，也打过钢笔的主意，甚至软磨硬泡，我还是顶住压力，将笔留给了自己。那钢笔，也让同班同学眼红，一不小心，可能会被顺手牵羊的。所以，我和钢笔几乎形影不离，没书写的时候，就插挂在上衣口袋里。那笔一插挂，知识分子的范儿和派头就出来了，觉得很多人都在注意和羡慕自己，感觉他们看自己的眼神都不一样了。遗憾的是，乡下中学，作文比赛不常有，记忆中就那么一次；年底成绩排名，发奖品也不常有，就那么一次。那时候，老是暗中期待学校有作文比赛，或者论成绩发奖品，结果都是"次次失望次次望"。

用钢笔，就要用到墨水。那时候的墨水有两种，一种是蓝色的，价格便宜；一种是黑色的，叫碳素墨水，价格贵，碳素墨水最有名的牌子是上海产的"英雄"牌。事实上，两种墨水质量都不行，瓶底有渣，凝结成块状，用笔吸墨水的时候，沾在笔尖上，提起笔，就跟着出来了，很大一块，让人看了不舒服。为省钱，往往墨水用到半瓶，就往里注水了，将瓶注满为止，注满水的墨水可以多用十天半月。蓝墨水注水后，字迹淡淡的，看不清楚，适合写隐晦的情书。我喜欢碳素墨水，即使兑了半瓶水，字迹仍然又浓又黑。不过，兑水后的碳素墨水变质快，易发臭，影响做作业、记笔记的心情，但很少顾及这些。

我喜欢钢笔，除了小时候养成的写东西的习惯，也爱用笔记东西，如新的词汇、打动自己的名言警句等。俗话说"好记性不如烂笔头"。记东西，我一边念念有词，一边奋笔书写，用来强化记忆。为让自己记得更牢，书写的时候，我很用力，经常力透纸背，在纸上留下很深的痕迹。这种习惯，对钢笔磨损也快，尤其是笔嘴，笔嘴的一边因为受力不均，经常断裂。镇上有笔嘴可换，笔嘴坏了，跑到镇上，花一两毛钱换个笔嘴，倒也方便，不像现在，很多钢笔都是一次性的，笔嘴坏了，一支笔就报废了。

笔坏了，容易漏墨水，插挂在上衣口袋，不知不觉把那片衣服洇湿了老大一块，十分醒目，洗不掉。前些日子，有高中同班同学发我当年的毕业照，我看到我的衣服上就有很大一块墨水印，就在插挂钢笔的胸前。我读高中的时候，是全家最艰难的时候。换钢笔、换笔嘴，成为一笔不菲的日常开支，让人提心吊胆。那个时候，也是乡下假冒伪劣产品最流行的年代。记得高考前，省吃俭用，攒下一点儿钱，换了一支新钢笔，希望好马配好鞍，在考场上有出色发挥。但没想到,答题答到三分之一,出了意外,笔嘴的一边断了,急得我如热锅上的蚂蚁。最后也没办法,用那支只有一边笔嘴的钢笔答题,一不小心就划破了试卷不说,还速度超慢,结果题都没答完。当时的那种痛苦和尴尬,刻骨铭心,至今心有余悸。

上大学了,开始疯狂写作,很费笔。由于经常发表文章,也积累了一批铁杆女粉。大二和大三,分别有两个女生给我送过钢笔,说是喜欢我的文章。当时虽然兴奋,却不敢作他想,信以为真地认为她们仅仅是喜欢自己的文章,送笔只是鼓励自己多写文章,写好文章。可没想到,我的文章写多了,发多了,却明显感觉她们越来越疏远了。当时觉得这事儿,比我头疼的方程式还叫人费解。现在才明白,原来读懂女生,不能停留在表面,要拐着弯才行,人家鼓起勇气送笔,是醉翁之意不在酒——我写多少文章,发多少文章,才不是她们真正关心的。

很多当年才华横溢、爱写作的朋友,现在已经马放南山,金盆洗手了。我还是坚持在写,这么多年,一直就没有停过,但用笔少了,字迹本来就丑,现在更丑了——这也是自己很少用笔的一个原因。说句调侃自己的话,就是我自己的名字,我也写不顺当。有朋友告诉我,有专门设计签名的,要我跟进一下。我也觉得朋友说得有道理,却一直没有重视,采取行动。写作用电脑,又快又好,没有字迹不漂亮带来的烦心事，一天码数千字不费吹灰之力。

从高中到大学，很多教过我的老师，希望我以鲁迅为榜样。听多了，我自己也当真了。明知没有可比性，也做不到，但将先生作为榜样和目标，激励自己前行还是可以的。

我认真统计过，鲁迅先生一生写过一千多万字。在数量上，也许我现在已经做到了；但在质量上还有很长的路要走，还要看天赋和造化。不过，很感谢自己生长在一个伟大的时代，科技发展给文字工作者提供了很大便利，是先生所在的那个用毛笔、用钢笔书写的时代所不能比拟的。

感谢科技给梦想插上了一对隐形的翅膀，让我们飞得更高，飞得更远！

电视机

　　某个在北京打拼的同县老乡曾问过我一个有意思的话题：煤油灯时代，为什么农村夫妇生孩子多？我想了很久，没弄明白两者有什么关系。他告诉我：那时候没有电视，夫妻唯一的娱乐是做床上运动。

　　我哑然失笑了，觉得他很幽默。认真想想，还真有点道理。

　　作为满足精神追求的奢侈品，电视机进驻我们村，是在上世纪八十年代中后期——那绝对是最贵的家当了。记得全村第一部电视机是熊猫牌黑白电视机，十七英寸，屏幕约现今的笔记本电脑大小，要在屋顶上竖一根树桩，顶上挂天线，只能收到三五个频道；打雷下雨天，信号就没有了。平时经常信号不清楚，满屏星星点点，图像影影绰绰，发出嗞嗞声。这时候需要人搬长梯，爬到屋顶上，手握树桩，吃力地转动天线。屋里有人盯电视机，看到画面清晰了，就锐声尖叫："好了，好了，好了！"屋顶上的人听后顺着楼梯下来，满脸春风得意，就像一个胜利归来的大英雄。

那台电视机的主人就在我们家隔壁，算是邻居，但两家关系并不好——邻居和全村人的关系都好不到哪儿去。电视机买回来那天，全村倾巢而出，闻讯而来，把他家围得里三层，外三层，水泄不通。看新鲜、图热闹的村民高声大气地说着恭维话，争抢着献殷勤。装电视的时候，谁也不愿袖手旁观，自告奋勇，希望帮上忙。但邻居对谁都不信任，不让别人插手，全部亲力亲为，包括拆那个电视机纸盒——在邻居看来，只有自己动手，电视机才完好无损；别人一动手，电视机就要坏掉了似的。

邻居全家一边看图纸说明，一边鼓捣，直到夕阳西下，才勉强搞定，屏幕上开始出现图案，传出声音，有人在电视里载歌载舞。很多村民当场就惊呆了：有了这个东西，就天天有电影看了；有了这个东西，就等于把电影院搬到家里来了，想什么时候看就什么时候看。那天，从白天到黑夜，村民聚集在邻居家开会一样，久久不愿散去，很多人饭都没顾上吃。这让邻居脸上有光，心里升起前所未有的满足感。

可让邻居没想到的是，村民这么扎堆一聚，就成了一种常态。每天傍晚，就有三三两两的大人小孩来串门，搬着小板凳，守电视剧来了。大人们，跟邻居关系好的先来，关系一般的后来——有时候是神不知鬼不觉地溜进来；脸皮厚的先来，脸皮薄的后来。到新闻联播前，邻居家放置电视的堂屋挤满了人，就像看露天电影一样，弄得邻居家吃饭的地方都没有了。为了追剧，仿佛全村人都把吃晚饭的时间提前了；如果吃饭和看电视冲突了，干脆饭都不吃了——也可能端碗饭，边看边吃，电视剧看完了，再端着空碗，意犹未尽地回家，躺在床上辗转反侧地期待第二天。

偏偏那邻居不是一个好客的主，夫妻俩心眼小，脾气怪，人缘差，喜欢斤斤计较，得罪了不少人。如果不是奔着放不下的电视剧，是很少有人愿意跨过他们家的门槛的。电视机买回之初，看到很多以前给他们脸色看的村民堆着媚笑，搭着讪，套着近乎，夫妻俩挺高兴的。可时间一长，他们就不乐意了，心里打起了小算盘：他们看我的电视，花我的电费，喝我的水，太亏了。渐渐地夫妻俩脸上写满了不欢迎的表情，行动上也表现了出来：早早地把门关上，自己一家人看，村民敲门，他们装作没听见；或者明明看到屋里坐了不少人，硬是迟迟不肯打开电视。后来，这对夫妻还尝试过馊主意：像电影院那样收费——当然价格要便宜多了，一张电影票五毛，在他们家看一晚电视一人收五分。如此一来，自然没有人愿意去看了，想看了，也不得不死劲憋住；只有个别关系好的，偶尔过去一个。有什么样的父母就有什么样的子女，这对夫妻的孩子跟父母如出一辙，清楚明白地把村里那群一起玩耍的孩子分成了两个阵营：谁跟他们好，就叫谁去看电视；谁跟他们不好，就想方设法把你撵出去。

隔着马路，对面那户人家，跟邻居夫妻的性格截然相反，热情、开朗、好客。男主人当过兵，参加过抗美援朝，享受政府补贴。他家孩子多，爱看电视。男主人平时爱听收音机，看了几回电视后，对新闻联播和天气预报上了瘾。为方便自己，也方便村民，咬咬牙，买了全村第二部电视机，也是黑白的，不过比第一部大。于是对门家，晚晚人满为患，村民吃完晚饭，早早就兴高采烈地候在电视机前。男主人还给大家烧开水，偶尔也炒些瓜子花生，宾主尽欢，欢声笑语飘满小屋，在村庄上空回荡。邻居家顿时门可罗雀，成为自家独乐乐了。后来，邻居邀请村民上他家看电视，村民满口答应，但没有人付诸行动了。邻居很生气，就在马路上双手叉腰，含沙射影地骂对门，但没有人理他，更没有人愿意上他们家看电视了。

娱乐性的东西，独乐乐，无趣；众乐乐，才趣味盎然。到后来，邻居自己的孩子，也耐不住寂寞，跑到对门来看电视了。邻居夫妇干脆把电视机从堂屋搬到了卧室，让电视成为夫妻俩的专享。再到后来，他们电视是有时候看，有时候自己都懒得看了。

尝到了看电视的甜头，电视机开始成为农村嫁娶的必备之物。如果男方家有电视机，在相亲的时候，女方答应都要爽快很多。如果没有电视机，女方要把这个要求提出来，要求男方给女方的聘礼中增加了电视机的钱——女方嫁过来，嫁妆里就有电视机了。有时候，如果女方在身材、相貌、学历等某个方面跟男方有明显差距，女方就把电视机买了，作为嫁妆带过来，算是补偿——这个钱，不在聘礼里面。作为婚嫁礼品的电视机，一般都摆在新房里，往往新婚夫妻和衣坐在床头看，其他人坐在凳上看。这种情况下，大家都识趣，到了某个时刻，就适可而止地散了——尽管觉得没尽兴。

　　三五年后，到九十年代初期，是彩色电视机，即彩电。村里第一部彩电是表哥结婚买的，我也做了贡献。表哥相亲，双方都有感觉，一切"万事俱备，只欠东风"，但女方迟迟没嫁过来。双方都心知肚明，就是男方的彩电没到位。那时候，买彩电不容易，价格贵不说——这个钱，表哥家东拼西凑，已经准备好了；最关键的是有钱买不到货，要上市里，要开后门。女方怕姑娘嫁过来，男方家答应的彩电就不算数了。恰好我有一个叔在衡阳市供销大厦（当年全市最大的商场）做经理。准小夫妻俩缠着我，要我想办法，我陪他们上市里买彩电。我们清早出发，天黑才回来，叔还真给他们弄到了一部彩电指标，是长虹牌的。那姑娘一高兴，当晚就留在了表哥家，没过几天就嫁了过来。

与黑白电视相比，彩电给人的感觉就是不一样，那场景、画面、人物太逼真了，让人有身临其境之感，也没有了黑白电视机上的"满脸雀斑"。彩电中的女主角要漂亮多了，水灵多了，看得我们心猿意马，睡在床上还想入非非。

有了彩电，村民们不约而同地往表哥家跑，看黑白电视的就渐渐少了。村民上表哥家看电视，喜欢拉上我，他们知道我爱看电视，更知道我是表哥买彩电的有功之臣，不会被表哥表嫂拒之门外。每年的寒假暑假，是看电视最尽兴的时候，每到傍晚，匆匆吃完饭，我就跑到别人家看电视去了。

自己家买电视机，是在我工作后的第三个年头。那年母亲六十大寿，我买了一部彩电送给她——尽管那时候，我们还欠了别人很多钱。父亲是瞌睡虫，看着电视爱打瞌睡——再精彩的电视剧都是如此，他唯一喜欢过的电视剧是《新白娘子传奇》，唯一喜欢过的电视明星是赵雅芝；母亲是一个很有文艺情怀的女性，爱追剧，估计年轻时也是文艺女青年。母亲爱在别人家看电视，经常看到深更半夜。母亲回来的时候，父亲早就把门反锁，睡着了。父亲睡得很沉，用母亲的话来说，像头死猪，雷打不醒，有时候叫半天都叫不开门。但要母亲不追剧，母亲也不乐意。

为解决这个矛盾，我就买了那部电视机，放在他们卧室里。从此，母亲再不用到别人家看电视了。父亲睡觉，母亲靠在床头看电视，各得其所。现在，乡下的家中有三部电视机，一二三楼各一部。父母住一楼，放的是最好的电视机，因为他们每天都要看；我和哥回去了住二楼，电视机放在客厅里；姐和妹回去了，住三楼，电视机也放在客厅。但二三楼的电视机，即使我们回去了，也很少开，因为我们很少看电视，改上网了，网络世界里，啥都有；二楼三楼的电视机成了一种摆设。

　　每逢春节，在家过年，就听母亲对我们感叹：没想到，你们现在电视都不看了——在她的世界里，电视是最好的科技产品了。母亲沉重的语气透露出对电视机时代的深切怀念——至今母亲都没搞懂这个世界上还有什么比电视机更吸引我们的，也许这就是代沟。

斗 鸡

这是一篇命题作文。粉丝出题,要我写的。

斗鸡有两种,"此斗鸡"非"彼斗鸡",没有南北融合,容易傻傻不分。大概以长江为界,南方斗鸡为人斗,北方斗鸡为鸡斗。"此斗鸡"弄不明白的是北方人。我从湖南乡下来,一点即透,因为小时候玩过,玩得多,也算得上是一项自己喜欢的运动。

粉丝一说,就将自己拉回了成长的少年时代。

"彼斗鸡"是两只怒发冲冠的家禽为主人的面子和赌注,拼命相扑相啄,是一种旧国粹,已经被作为"除四旧"给取缔了。近年来,北方的民间或夜市,渐渐偶有流传,有死灰复燃之势。

"此斗鸡"是一种新国粹,学名叫脚斗士大赛,是中国第一个拥有自主知识产权的体育赛事,伴随了新中国成立后一代又一代人的成长。本文讲述的就是这种斗鸡。

斗鸡有严格的游戏规则。参与者一条腿独立即金鸡独立,一条腿扳成三角形状,一只手拿着脚踝,一只手抓着膝盖上方的腿部,膝盖向外,对着敌方或攻或躲。参战者,谁不能保持这种形状,或双脚先落地,或先倒地了,谁就输了。

这是我们在争强斗狠的少年时代,最具激情、最有男子汉气概的搏杀游戏。斗鸡偶有受伤,基本上是腿部或膝盖青紫,往往是皮外伤,很难伤筋动骨,不碍事。课间受伤,一瘸一瘸地回到座位上,坐下来,上完一堂课,下课又生龙活虎,可以重上战场搏杀,为自己报仇雪恨了。

在学校斗鸡,教室、走廊、操场,只要有空地的地方就有战场。男生参战,女生观战。有了女生观战,叫好、加油、呐喊助威,参战者的情绪很快就被调至最高点,为了最后的胜利,一个个就像猛虎下山,拼得你死我活,黄土的场地上尘土飞扬,就像一群骏马在奔驰,也像千军万马在厮杀的古战场。

在斗鸡场上,那颗敏感易伤的心,那段少年成长的烦恼,那些生活中的喜怒哀乐,那些交往上的恩怨情仇,全在攻守道中被淋漓尽致地挥发了。学习上的追赶,情场上的争斗,生活上的积怨,帮派上的倒挺,都通过斗鸡解决,斗一斗，相逢一笑泯恩仇。

斗鸡主要靠力量，考验平衡和耐力，也讲究斗智，人高马大的莽夫也有阴沟翻船的时候；力量弱小的小个子，身手敏捷，头脑灵活，往往也有傲人战绩，能以小胜大，以弱胜强。我是后者，块头小，力量弱，可与班上最强悍的同学斗起来，把握住机遇了，也有胜利的时候。当然，最好的，就是避免与最强者为敌，将其拉入自己阵营，或者投其麾下。

斗鸡可以两人独乐乐，也可多人众乐乐，不拘泥于形式和人数，有两人捉对厮杀；有一人守擂，多人轮流进攻；有一战两，一战多；有参战双方一拥而上，千军万马，多人混战，战至最后一个，才能分出胜负。多人混战，要笑到最后，是需要智慧的。坚持到最后的，往往不是力量最强大的那个。交战之初，上谋避，在圈边游走，坐山观虎斗，保存自己实力；中谋挑，专找力量孱弱者出击，尽量让自己活下来；下谋逞能，与强者硬碰硬，草草落败，或过多地消耗了自身的有生力量。

斗鸡虽然是力量之搏，但并非有蛮力就能赢，平衡、耐力和智慧，也是取胜要素。战至最后的，往往不是身体最强壮、力气最大的那一个，而是力量与智慧并存的那一个。

如果拥有绝对实力，一招猛虎下山，泰山压顶，很快就解决战斗了。被攻击者要么魂飞魄散，放下膝盖，闻风而逃，要么豁出去，拼死抵抗，却一触即溃。

其实，只要沉着冷静，化解这种攻势并不难，蛮干和巧干都有赢的可能。巧干是避其锋芒，在敌人冲过来，高高跃起那一刻，纹丝不动，给他硬碰硬的假象，等他人在空中，没法改变动作了，在他落地前，轻轻地一闪，就躲开了。几个回合下来，对方气喘如牛，体力消耗，动作迟钝，摇摇欲坠了，再趁机展开反攻，将其击败。如果有把握，在闪开对手，让其扑空那一刻，趁其落地不稳，迅速举高膝盖，用力磕其膝盖前端，借其向前俯冲惯性，四两拨千斤，使其失去平衡，不得不放下膝盖，双脚着地，稳住重心，避免摔跤——双脚落地，就输了。

如果对自己的重心和力量有信心，也可以不躲不避，以静制动，放平膝盖，在对手落下来的那一刻，突然出手，手脚并用，举高膝盖，对准其膝盖往后整腿的三分之一处，使劲往上用力一撬。这一撬，是杠杆原理的应用，很容易让攻方失去平衡，身体向后，四仰八叉地倒下去。这种硬碰硬，要有绝对把握，要瞅准时机；把握不好，容易两败俱伤。

斗鸡不受场地限制，在学校，教室可以，操场可以，走廊上也可以；放学回家，在晒谷坪上可以，在堂屋里可以，屋前屋后随便找块空地也可以。但斗鸡具有季节性，一般是深秋开始，冬天流行，春季结束。这时候，天气凉了冷了，衣服越穿越厚，对膝盖有保护作用，也需要运动来驱逐寒冷。

有女生围观的斗鸡，男生就像打了鸡血，把全部力量用上，把看家本领都使了出来，就像动物界惊心动魄的争夺配偶似的。一时间，教室里热闹非凡，沸反盈天。上课铃响，回到座位上，还脸红耳热，额头上是一层密密麻麻的汗珠，嘴里大口大口地喘着粗气，贴身的那层衣服早就被臭汗浸湿了。

斗鸡，大伤易避，小伤难免，膝盖上经常性一片青紫。也偶有大伤，甚至被伤了根部，尿血，把人吓一大跳。但年轻力壮，恢复功能极强，三五天后就自然痊愈，完好如初，又可以重披战袍，再战江湖了。

2006年，从广州来到北京，北方朋友渐渐多了。聊起小时候的趣事，才知道斗鸡在北方也很流行，是成长的少年时代的一项主要游戏。不过，北方人不把斗鸡叫斗鸡，叫撞拐或斗拐。这叫法，虽然听起来拗口，却也耿直，体现了北方人的性情。南方将其称为斗鸡，生动形象，内秀含蓄，也反映了"一方水土一方人"的质地。

某冬夜与北方朋友相聚，聊到兴趣浓时，放下碗筷，在狭窄包间，腾出来一块空地，老夫聊发少年狂，饶有兴致地比画了起来。当然，人到中年，大家没有了少年时代的那种争强好胜的戾气，都是点到即止，意在重温那段岁月，重拾那份过往的乐趣。

偷　书

那年代，物质贫瘠，精神贫乏，要啥没啥。想看点书，就只有课本了。好不容易弄来一本小人书，还要躲着父母。在他们眼里，看小人书都是不务正业，影响学习，还要花八分一毛钱买，很让人心疼——猪肉还只有七八毛钱一斤呢，一本小人书相当于一大口肉了，肉可是一个月难得吃上一两回呢。

小说，更是没有，也不能看。一本小说要两三块钱，都好几斤猪肉了。初中三年，我唯一买过的一本小说是法国女作家弗朗索瓦兹·萨冈的中篇小说《你好，忧愁》，花了一元六角钱。那钱是我走了狗屎运，在熙熙攘攘的集市上捡的，捡的是一张两块钱的钞票，一兴奋，一冲动，就到了供销社卖图书的专柜前，把这本书买下来了。这本书让我第一次感受到了小说的魅力，也让我体验了空前严重的肉体疼痛，父亲知道书是我买的后，不由分说，把我狠狠地揍了一顿，他那双用来作为打击工具的草鞋底都被抽断了，我的屁股又红又肿。

但严厉的父辈还是挡不住我们对精神生活的向往和追求，大家都想拥有属于自己的课外书，在书的扉页上工工整整地写下自己的名字。课外书最多的，就是方方正正、巴掌大小的小人书了。偶尔也有大部头小说，但很陈旧了，不知是哪个年代留下来的，缺页严重。听父亲说，他读书时擅长数理化，也信奉"学好数理化，走遍天下都不怕"，从来不读小说。当然，有些人家里可能有小说，甚至能找到残缺不全的四大古典名著。

谁家有什么书，很快就会传遍全村。去借，不给，就有可能偷了。那时候，语文书上有鲁迅的小说《孔乙己》，我们都读过。偷了别人的书，也常常拿孔乙己的名言"窃书不算偷"来安慰自己，搪塞别人。

其实，村里没有人是做研究的学者，书读完了，对主人的作用和意义也就不大了。我们偷书，还算有点公德，等主人读完后才行动。主人读完后，就把书放在柜面、床头或桌上，很少有把书藏起来、锁起来的。藏起来、锁起来的东西，也包括书，我们是不会偷的。偷藏起来、锁起来的东西，性质和味道就变了，真算偷了，算真正的贼了。那时候，家家户户的门是开着的，大人小孩都喜欢串门，也不防范谁。伙伴经常有偷书的，不是你今天丢了书，就是我明天丢了书，大家都习以为常。偷来后，就彼此传阅。丢书者发现了，随时可以拿回去，但我们也不会交代是谁偷的书。这个习性，倒也让我在那个年代读了一些书，尤其是小人书。我没读过四大名著，但四大名著改编的小人书，我都陆陆续续地读过。我偷书比较少，低三下四地向别人借的时候多。

上世纪八十年代初，农村文盲遍地，扫盲成为村委会的一项重大工作。这项工作，一般都是安排在暑假进行，那个时候，学校老师闲下来了，教室也有了。村里男男女女、老老少少，都在晚饭后集中到村中心小学进行学习，老师给大大小小的农民教些基本的文字，以农村常用的农药化肥名称居多。扫盲班人满为患，很多都不是去学文化的，而是去看老师的。有文化的女老师，在男村民眼中，就是女人中的极品了，看起来赏心悦目。年轻的姑娘、媳妇去看男老师，男老师风流倜傥、温文儒雅，懂得怜香惜玉，是她们心目中的白马王子。偌大的教室里，你一言我一语，闹哄哄的，完全不像我们读书时那样鸦雀无声。

我家就在小学的前面二三十步远。那时候扫盲的标准是要认识两千字以上，会读书看报。为配合扫盲，村里订了三份报纸，即《人民日报》《湖南日报》《衡阳日报》，也购来一批小人书，几十本小说。学校一楼专门辟出那间最大的教室，改装成了读书阅览室。

读书阅览室的书是专门给扫盲班的人看的，配有专人管理，管理者是村支书的女儿，她把书看得很紧。我们是学生，不在扫盲班，没有资格读，也没有资格借。扫盲班有花名册，要走进那间神圣的读书阅览室，都要在花名册上能够找到名字。即使是这样，读书阅览室的书也渐渐地少了，原来摆得满满的书架，渐渐地空旷了，有的是借了不还，可听别人说，更多的是村支书一家把读书阅览室搬空了——村支书家读书的孩子多，大学、高中、初中都有。

隔着钉了木板封条的窗户，往读书阅览室里望去，看到越来越稀少的书、越来越空旷的书架，我们急坏了，都意见高度统一起来：如果再不动手，可能就啥都没有了。

那个暑假，左邻右舍的伙伴凑到一块儿，大家一合计，决定偷书了。午后，等村支书女儿回家午睡去了，我们开始行动。有人从家里拿来老虎钳，有人从家里拿来锤子，有人放哨，有人撬窗，有人入室，室内有人递，窗外有人接，分工都很明确，不到十来分钟，就把书架上仅存的三五十本小人书席卷一空。

这事儿闹得很大，全村沸沸扬扬。村支书还在喇叭里喊了话，要偷书的人投案自首，要"认识错误，相信政策，坦白从宽，抗拒从严"。以前还没有干过这么大的买卖，我们紧张了好一阵子,惶惶不可终日,生怕警察找上门来,但没有人去坦白自首。过了一段时间,也就不了了之了。风声过后,我们把小人书拿出来,大家交换着看。有了这批书,那个暑假过得相当充实。其实,哪些人偷的书,村支书是心中有数的,但没有抓个现行,也不是什么大不了的事,也就只好作罢。

村上有个"大知识分子",是我们小学校长,与我家也有点转折亲,我爷爷是他爱人的舅舅,校长的儿女叫我爸爸也叫舅舅,我叫校长儿子表哥。校长对子女教育相对开明,经常给他们零花钱买小人书,也偶尔买点小说。校长家成了我经常光顾的地方,我也厚着脸皮,低眉顺眼地向表哥借些书看。

1988年,表哥高中毕业,考上了东北的大学,在全村轰动一时,也是全村最早的那批大学生之一。那个寒假,表哥带回来很多书。表哥一到家就捎话过来,要我过去看看。表哥要我借一本,读一本,读完再去借第二本。记得那个寒假,表哥借给我的最后一本书是《朦胧诗选》,那本书开篇第一首诗就是北岛的"卑鄙是卑鄙者的通行证,高尚是高尚者的墓志铭",收录了当时最火的诗人北岛、舒婷、顾城等的代表作。我一读,就疯狂地迷上了,爱不释手,一边读,一边记,也偶尔学着涂鸦一些长短句。从那一本书起,我开始了自己的文学之路。

几天后，表哥返校，来找我要书。我实在舍不得还他，就撒谎说，弄丢了，要赔他钱。我从母亲那儿要了钱，但表哥没有接，他很不高兴地走了。从那以后，我也不好意思再到表哥家借书看了。

那本《朦胧诗选》就这样被我据为己有了，有相当长一段时间，我把那本书揣在书包里，形影不离，有空了就掏出来，或默读或摇头晃脑地吟诵，很多诗都能背下来。那本书，也是陪我时间最长，给我营养最多的一本书了。后来，我写诗慢慢地有了名堂，在全国校园文坛渐渐有了些名气。高三那个暑假，一个同龄的女性诗歌爱好者，从陕西黄土高原，穿过大半个中国来看我，与我一起聊诗歌——她的年纪比我还小几个月。我被她的虔诚感动，她走的时候，就把那本陪伴我多年的《朦胧诗选》送给她做纪念。

大学毕业，参加工作后，表哥把他父母接到外地，我也先去了广东，后来到了北京，彼此很久没见面了。去年过年，表哥回老家了，我也在老家，他过来看我。他五十多岁了，两鬓花白，我四十多岁了，也是人到中年。我们聊起当年关于文学的一些事，深有感触，觉得还是那时候高尚，有梦想，有追求。我很愧疚地告诉表哥：那本《朦胧诗选》没有丢，只是我太喜欢了，就留下来了，没有还你！

表哥说：其实，我一直知道，那本书，你没有弄丢，你现在都是大作家了，看来那本书，在你这儿，才是真正的物得其所,发挥作用,这也算是我无意中对文坛、对你的人生做了一点儿贡献。人生就是这么巧合,表哥是"无心插柳柳成荫"了,我今天的成就还真有他的功劳。

偷　桃

我们那一代，在农村长大的男孩子几乎没有没做过小偷的，包括我这种三巴掌扇不出一个响屁来的老实孩子。

当然，那时候，家家户户都穷，没什么可偷的，无非是种在地里的瓜，长在树上的果。那时候，正在长身体，又成天吃不饱，很快就饿了，心里发慌，四肢乏力。瓜田李下，顺手牵羊，那是常事，大家见惯不怪了，看到了说一声，没看到，也不追究。

偷东西，终归品德不好，要被管教的。偶尔一两次，没啥，就怕偷东西上瘾，成了习惯，也坏了名声，给村人留下惯偷印象，若干年后，娶亲成家都难。

那年月，农村男孩的成长，都要经历这么一个阶段，绕都绕不过去。

附近瓜果，最让我们垂涎的就是邻村的水蜜桃。

方圆数里，桃树就那么一棵，矗立在我们出村、邻村进村的马路边的矮坡上。冬天，桃树光秃秃的，一点儿想象力都没有。可到了春天，就完全换了一副模样。桃树是第一个迎春报春的，突如其来，一夜之间，叶子都还没长出来，就已经千朵万朵桃花开了，艳艳丽丽，密密麻麻，簇簇拥拥，泼泼洒洒，层层叠叠，在料峭春寒中，张扬着春的气息。远远近近的蝴蝶和蜜蜂赶集一样拥过来，在花丛间起起落落，追逐嬉戏，用自己的方式拥抱春天。

一阵春风，落英缤纷，在地上铺一层厚厚的花毯。花落了，青涩的小果就挂在枝丫上了。果们的身上毛茸茸的，就像披了一件毛线衣，抵御着料峭春寒。虽然春风春雨很无情，要吹落满地的小毛桃，但没关系，树上还有满满的一树桃子。那树桃子像那时候没有污染过的夜空上挂着的满天星斗，闪烁在我们的瞳孔里，也闪烁在我们的记忆中。

桃树挂果后，村里的小孩每天都要有意无意从树下路过，侦察桃子的生长情况。有时候也在桃树下做短暂停留，从掉落在地上的桃子中，挑选那些大点的、新鲜的，放进口袋带回家，偶尔也拎起衣角，擦去桃上的泥巴和长毛，把桃子准确地丢进嘴里，试探性地咀嚼起来。这个时候的桃，虽然没有成熟，但不酸、不涩、不苦，也没有其他什么异味，只是不甜而已，可是已经能充饥了，就连那核壳都是白白的，嚼起来有味道，因此也渐渐地受到我们的注意和欢迎了。

阴历四月，桃子就长到我们的拳头那么大了。长大的桃子，已经站稳了，经受得住自然的风雨了。桃子们骄傲地挺在枝头上，狡猾地隐藏在繁叶间，青青的，比晌午的阳光还耀眼。桃们那个尖尖的屁股，已经不经意地露出了若隐若现的红晕。

从桃树下路过，远远地，我们都要捡两个石头揣在兜里，趁着没人的时候，迅速掏出来，抡圆胳膊，用尽全力，往树上扔去。飞起来的石头，穿过枝叶，发出嗖嗖的响声。与石头一起坠落下来的，还有三五个桃子。如果有人听到桃子落地的声音，从屋里走出来察看情况，我们就当什么都没发生，从从容容地路过，目不斜视，只管赶路。尽管他们知道，我们当中有人打桃子了，可又瞅不准是谁，只好骂骂咧咧，来到桃树下，把掉落在地上的桃子捡走了。如果没有人出来，被打落下来的桃子，就成了我们的了。我们派出代表，飞快地冲过去，把桃子捡起来，然后快速离开，与我们会合。

用石头打桃，运气好的时候，一人可以分到一个；运气不好的时候，两三个人分一个。没洗，也来不及去毛，就你一口，我一口地咬起来，嚼起来。这时候的桃，已经味道很不错了，虽然有点儿酸，但咬起来清脆，嚼起来满口生津，那汁水甜到心里面去了。

用石头打桃是白天,也是典型的小打小闹。白天吃桃的滋味,晚上还留在我们嘴边,意犹未尽,也刺激得我们彻夜难眠。那夜,刚躺下,正准备入睡,就看见同床的哥哥蹑手蹑脚地起来了,不由得也起了床,跟在他身后。出了自家虚掩的门,村里已经有几个伙伴聚在村口,等着与哥哥会合。我本来是没份的,因为我胆小怕事,哥哥也怕我跑不快,被抓,泄了身份。可桃的美味刺激着我,我坚决要跟他们一起行动。我嗫嚅着说:不让我去,我就告发你们。

伙伴们没办法,只好把我带上。那夜,月亮昏昏沉沉的,星星稀稀落落的,十步之内,不见人影,正适合做坏事。一行人,小心谨慎地往前移动,脚步声淹没在此起彼伏的青蛙和虫子的叫声里。约十分钟后,我们到了桃树下,有些兴奋,有些紧张。过了一段时间,确定没人发现,于是开始行动。我自告奋勇,争取表现,要求爬到树上摘桃,伙伴们同意了。我往手心吐了一口唾沫,开始往树上爬,不到两三分钟,就隐身在密密麻麻的树叶间,一边摸索着摘桃,一边往树下扔桃。桃子扔在地上发出咚咚的声音,在夜间格外响亮,让我们心惊肉跳,生怕惊醒了桃树的主人。

这响声,果然惊醒了桃树的主人。主人起身,点亮灯,一家子手忙脚乱地吆喝着,起床,开门,准备捉贼。在他们点灯的时候,树下的伙伴见势不妙,拿起桃子,一溜烟地跑了。我在树上,来不及下来,主人就已经到了树下了。所以,我只得躲在树上,屏住呼吸,一动也不敢动,能做的,只是在心里不停地祈祷,千万别被主人发现了。

主人听着那阵杂沓的脚步声,看着那群影影绰绰的影子,一边尖声锐气地叫骂着,一边用马灯仔细地照看地上有没有遗落的桃子,这样折腾了一阵,把桃子捡光了,也就回去了。回去的时候,主人还用马灯往树上照了照,看看还有没有人——那是我最紧张的时刻,只觉得腿发抖,头发晕,眼发黑,差点就要像桃子一样从树上掉下来。幸好树高叶密,马灯光线弱,根本透不过树叶,自然就发现不了我。没啥发现,主人也就回去睡觉了。

我在树上一直待着,一动不动,直到主人上床,吹灯,呼噜声响起,才轻手轻脚地溜下树来。脚一触地,就疯了一样往回跑。估计那是我一生中跑得最快的一次,比大学时体育千米长跑考试还用心,还快。待在树上静静等候的那半小时,也是人生中最漫长的半小时,就像高考时最后半小时那样紧张。

偷桃的情节,要在那个夏天反复上演,也有被不幸抓到的时候,但不是我了,因为我只上树偷过那一回桃。被抓到了,是要自家大人去领人的。大人很生气,见面就甩过来两个耳光,还要赔尽好话,替孩子做保证,下次再也不敢了。到桃子彻底成熟,主人举行摘桃仪式,那树上的桃子已经所剩不多了。

种的桃树，结了满满一树桃，却被别人吃了，自己没吃到几个，这让主人很郁闷。年年这种现状，主人就生气了，在我读初二的那个夏天，主人摘完桃，就把那棵树砍了。

没有了桃树，全村人都很怀念。看来，并不是我们几个小朋友偷过桃，村里有太多小孩都偷过。桃子偷回来，家长是一边骂，也一边品尝的。在那棵桃树被砍的第二年春天，村里集体行动，派人从县上买回来上千棵桃树，种在村后面的山坡上，差不多每家每户都有数十棵。

桃树生长很快，第二年春天就开花结果，夏天，就有桃子吃了。第三年春天，满山遍野都是桃花；夏天，树上都是又大又红的水蜜桃。

桃多了，家家户户都有了，就没人偷了。桃子成熟的季节，一树一树的，都挂满了。桃子不能放，在当季的半个月左右，要吃完。由于大家都没钱，那些桃子也没市场，只能偶尔卖出三五斤，其他的都要自己消化。所以，桃子成熟的季节，我们都要到桃林转转，看哪些桃熟了，先摘下来，把自己喂饱。周末了，我也叫上要好的同学来家里摘桃吃；或者摘了桃，用书包带上满满一袋，到学校去，跟他们一起分享。

江南水土好，桃子很甜。每年夏天，我都要回家一趟，吃上一顿桃，还要摘上一袋，扛回北京。虽然家乡不如北京昼夜温差大，但家乡的桃要比北京的好吃。北京的桃，大个，但不甜。家乡的桃虽然块头小，但沁甜，北京桃子没得比。这不是我一个人的看法，在北京的老乡，吃过我从家乡带过来的桃子的，都这样认为。

现在家乡的马路边，都种满了桃树。从暮春开始，桃子就陆续上市了，一直要吃到夏天过完。从桃林路过的客人，都要把车停靠在路边，下来摘些桃子带走。那桃又脆又甜，价格也不便宜。

北京盛产桃，但北京的桃，我吃得比较少，因为北京的桃没有故乡的那种风味——除掉感情因素，客观地说，家乡的桃虽然个小，但又脆又甜，是北京的大桃没法比的。北京的桃，个大汁多，外形漂亮，但在口感上，还是差了那么一点点。

偷西瓜

问一句多此一举的话：爱吃西瓜吗？

我是一个爱吃水果的人，每天都要吃两三种水果。在我看来，吃水果是一种享受生活的方式和对待生活的态度。在所有水果中，西瓜是我的最爱。

夏天，从超市拎回一个西瓜，放进冰箱里冰着。次日中午，饭后，午觉前，正是阳光最高、天气最热的时候，把西瓜拿出来，切开，分块，与家人一起分享，那是甜蜜的幸福时光。

西瓜没有渣，现在很多西瓜也没有子，放进嘴里，轻轻一咬，就碎了，甜甜的，凉凉的汁水顺着喉咙，一路向下，暑意顿消，通体舒泰。在吃西瓜的时候，我常常问自己：如果没有西瓜，这个夏天怎么过呢？

不怕你笑话，我到十四岁的时候，才吃上人生第一口西瓜，那块西瓜的来源，还真有点羞于启齿：是偷来的，吃西瓜是在分享赃物。

那时候，湖南老家的农村很少种西瓜。为啥？因为刚分田到户，温饱问题都没解决，稻田是用来种水稻的，土地是用来种黄豆、高粱、黄花菜的，哪还有闲田闲地来种西瓜？

分田到户三五年后，情况就不一样了，农民手中渐渐有了余粮，心中就不慌了，琢磨着种些其他东西，让生活向着更美好的方向前进。

早年的个体户从外地贩来西瓜，堆在集市上高声叫卖。禁不住西瓜的诱惑，有钱的人，镇上的干部、医生、教师以及村里先富起来的农民，咬咬牙，掏出钱来，捧一个西瓜，高高兴兴地回家。一堆西瓜，几十个，上午摆出来，中午时候，也就销售完了。

西瓜的畅销让头脑活络的农民看到了商机，他们敏锐地意识到，种西瓜比种水稻更划算，更赚钱。

全镇西瓜的种植，最早是从我们村往上走十多里路，一个叫胡坪坳的地方开始的。那儿依山傍水，右边是山，左边是河。有些村民就把山脚下、马路边、河岸旁的土地改种了西瓜。

西瓜生长很快，暮春时节，藤蔓就爬满了土地，青翠葱绿，绿油油的一片，藤叶之间，开满了黄色的小花，雌花下藏着青青的小果。进入夏天,地里就滚满了圆圆的西瓜,大的如钵,小的似拳头,刺激着路过者的神经和胃口。

村上一个叫石头的小伙子,辍了学,跟着父亲跑运输。他开车的时候,好几次都路过这块西瓜地。一个暑假的晚上,他把我们叫到一起,绘形绘色地描述了那块西瓜地。他一边讲述,我们一边咽着口水。随着石头描述完,我们的意见就像百川归海一样地统一了:一起偷西瓜去!

石头把我们分了组。年纪大,身体壮,跑步快,人机灵的,跟着他一起,开车去偷西瓜;年纪小,身体弱,跑步慢的,到距离村西头的河边守候。石头吩咐说,偷西瓜的同志,不要抱西瓜,把西瓜扔进河里,让其顺着河水流下来。如果抱着西瓜,万一被发现了,就走不快,容易被捉贼捉赃。石头这个安排,就像将军指挥打仗,充满智慧,让我们心服口服,言听计从。

那时候,村里没有其他娱乐,电视也没有,照明用的是煤油灯,八九点钟,大人们就上床睡觉了。那批准备到一线战斗的伙伴上了石头的车,石头发动车,载着他们向西瓜地出发了。剩下的,借着月亮和星光,到河边等候。枯水季的河水很浅,只能没过膝盖,没有什么风险,我们也经常在河里洗澡,熟悉地形。河虽然浅,但水流急,足够把西瓜顺利送下来。

狡猾的石头并没有把车开到西瓜地,而是在离西瓜地三百米处停下来，要大伙下了车。石头坐在驾室座上，悠然地点燃一支烟，等着。其他人偷偷摸摸地向西瓜地进发了。临近西瓜地，猫着腰，蹑手蹑脚地摸了进去。

西瓜地遍地都是西瓜，顺手一摸就是一个，小的放过，大的摘了。山坡下有人接应，接了西瓜，将其丢进河里，让其顺着河水往下流。

主人在地里搭有看瓜小棚，白天黑夜都有人看守。守西瓜的人也很精明，时刻都提高警惕，好像不睡觉似的，时不时地钻出小棚，打着手电筒，往西瓜地里照来照去，也故意大声喊几声："出来，我看到你啦！"——他这话是唬人的，其实他啥也没看到，如果真看到了，他就不会这么打草惊蛇了，冲过去捉贼就是了。

我们就和主人玩着猫和老鼠的游戏，手电光亮照过来了，赶紧趴下，头都不敢抬。可躲得了初一，躲不过十五。最后还是被发现了。主人晴天霹雳一声大吼："抓贼呀，抓贼！"

主人一边尖叫，一边晃着手电追过来。我们慌了，从瓜地一跃而起，没命地跑开了。远远地，石头听到响声，早早把车发动起来，等伙伴们过来，爬上车，一踩油门，一溜烟跑了，气得主人在后面跺着脚，高声大气地骂娘。

回到村里，大家各自回家拿出一床竹席，有说有笑地来到河边，跟小不点们会合，一起恭候西瓜的到来。我们在河堤上找出一块空地,铺开竹席,或躺或坐,有的嬉闹,有的摇着蒲扇,有的讲着黄色笑话,也有的被安排着用手电筒不停地照射河面,看西瓜来了没有。最重要的还是报数统计,看一起偷了多少个西瓜。大家满怀憧憬,一点儿倦意都没有。

一两个钟头后,突然有人尖叫起来:西瓜!顺着叫声望过去,河面上果然有一个黑乎乎、圆滚滚的东西,载沉载浮地漂了下来。反应快的,一声欢呼,跳进河里,把西瓜捧起来,抱到岸边,交给石头。石头接过西瓜,轻轻地放在河堤上,左手按住西瓜,右手高高举起,大喝一声:"开!"手掌落下来,西瓜应声而开,露出血红的肉瓤,汁水洇湿了脚下的土地。

石头论功行赏,把西瓜掰开来,分给大家,功劳大的分大块,功劳小的分小块,轮到我手里,就只有巴掌大的小块了,迫不及待地咬下去,沁人心脾的甜顺着喉咙,一直甜到了心里面。其实,根本不用担心吃不饱,随着西瓜陆陆续续地被打捞上来,大点的吃饱了,我们这些小不点也就能够大快朵颐了,最后每个人都把肚皮撑得像西瓜那样溜圆。

末了,偷来的瓜还剩一些,于是大家把剩下的瓜带给家人。村里很多人都是第一次吃西瓜,没想到这个世界上还有这么鲜美的水果,都念念不忘。也有父母多了一个心眼,一边吃,一边把种子留了下来。第二年,有人辟出一块地来,破例地没有种水稻，改种西瓜了。

村里第一个种西瓜的，惊讶地发现，种西瓜原来比种水稻强多了。一亩地卖西瓜的钱，可以买两亩地的稻谷了。第三年、第四年，越来越多的农民留出一部分土地来，改种西瓜了。

渐渐地，西瓜就像桃、梨、李、枣等司空见惯的水果一样，进了寻常百姓家。都种西瓜了，家家户户都有了，就不用冒险去偷了。当然，种西瓜的，都习惯性地在地里搭一个棚子，白天黑夜都派人守着。

我们家也种过西瓜，连续种了很多年，只是每年的种植面积不一而已。我也被派到地里看过西瓜，尤其是暑假的白天。晚上了，看瓜的还是正当壮年的父母，他们留在瓜地过夜。

江南的夏夜，风多雨急，说来就来。西瓜地里的棚子很不严实，没办法遮风挡雨，往往父母被淋得浑身湿透，也没衣服换，就干坐在那儿，用身体的温度把衣服焐干。

父母都有风湿关节炎，这个病，我估摸着，就是那个时候，在西瓜地里守瓜留下来的。

外　婆

写在前面：*小妹在微信上质问：你写了那么多文章，那么多人，怎么就不写写外婆？我回答她：不是不写，不是不想写，是怕写不好。外婆在我心中的地位，过于尊崇。文章写不好，就是一种亵渎。*

不知不觉，就是人到中年。外婆那一代长辈，都已经零落成泥碾作尘，一个也没留下了。爷爷我没见过，外公我没见过。但奶奶和外婆，都陪伴了我很长一段时间，是在我三十岁左右的时候，她们才相继去世的。我是奶奶带大的，可觉得最亲的，还是外婆。外婆去另一个世界十五六年了，我还经常想起她，梦见她。

外婆有三个儿子，两个女儿，二十多个孙辈。外婆在世的时候,最喜欢的,不是三个舅舅的儿女,也不是姨妈的儿女,而是我们兄弟姐妹四个。为什么?外婆说,我们四个爱读书,会读书,将来肯定有出息,能为她增光添彩——事实证明外婆是正确的,可惜外婆已经看不到了,也没有享到我们什么福。

我一直认为外婆对我们的偏爱,还有一种爱屋及乌和愧疚的成分在里面。外婆嫁了两次。在我妈出生一个多月的时候,她的前夫意外死了;几年后改嫁,后夫在"文革"时候,也死了。我妈在最需要疼爱呵护的时候,恰恰是外婆人生最困难的时候,外婆总觉得亏欠了我妈,也就对我们格外关照了。

虽然儿女成群,外婆却很自立,自己一个人,自力更生过日子,不愿跟着子女一起生活。七八十岁了,外婆还干农活,种田种地,养鸡养鸭,自己养活自己,不给子女添任何负担。直到外婆去世前半年,老得行走不便,病得不能生火做饭了,才住进了儿子家。

原以为外婆不愿意跟儿子过日子,是嫌舅妈唠叨,婆媳关系不好处。后来才慢慢地想明白,外婆主要是为了照顾我们兄弟姐妹四个。

那时候,我们都在读书,高中、初中、小学都有。在外婆的五个子女中,我们家读书的孩子最多,日子过得最穷了,吃了上顿没下顿。外婆一个人过,就是为了更好地帮助我们。如果在儿子家过日子，要照顾我们，拿点什么东西给我们，外婆是要看媳妇脸色的，毕竟谁家都不是很富有，都有一大帮孩子要养，都要勒紧裤腰带过日子。自己过日子，自己的东西可以自己支配，爱给谁就给谁，爱给什么就给什么，一点儿顾忌也没有。

外婆很能干，那么大年纪了，仍然日出而作，日落而息，种水稻、种花生、种黄豆、种红薯、种蔬菜。只有到庄稼丰收的时候，一个人忙不过来了，如"双抢"，才捎信叫孙辈过去帮忙，其他时间，播种、除草、施肥、打农药，都是自己包干。一年中吃不完的稻谷和红薯，外婆就捎信过来，要父亲去挑回来。至于花生、黄豆、南瓜子等，都被外婆炒得香喷喷的，给我们做零食。每次到外婆家，我们几个的所有口袋里都被塞得满满的，走路都不方便，一路上吃着回来。

外婆养鸡养鸭，捉鱼虾摸螺蛳。但外婆自己吃得少，捉回来的鱼虾螺蛳，外婆将其烤了，烘了，晒了，做成火焙，收藏起来，等着我们过去吃。我们最爱结伴往外婆家跑，过年过节，每个月月底从学校回来，我们都要去外婆家——是外婆捎信来，要我们过去的。我们还没到，外婆就把鸡鸭宰好了，做好了。鸡是蒸的，鸭是辣椒炒的，丰盛极了。那满满的一桌菜、一锅饭，被我们吃得精光，我们的肚皮也被撑得溜圆。多余的火焙鱼，外婆给我们打了包带回来。每次到外婆家,我们都是吃饱喝足,满载而归——那是成长岁月中难得的几次吃饱的机会。

我们围坐在桌边吃的时候,外婆就坐在桌边看,给我们夹这夹那,我们吃得越欢,外婆就越高兴。我们也劝外婆吃,外婆也吃点,但局限于鸡头鸭头、鸡爪鸭爪。我们也给外婆夹肉,外婆再把肉夹回我们碗里,对我们说,鸡鸭鱼肉,她小时候吃多了,吃腻了,现在不想吃了,要我们多吃点。

做姑娘的时候,外婆是当地数一数二的地主家的千金,生活质量在当时当地首屈一指。那时候,我们年纪小,对外婆的话信以为真。现在才知道,外婆是想让我们多吃。

对我们的偏爱,让舅舅和姨妈家的孩子看在眼里,心里很不服气,对外婆很有意见。他们说,只有我们家几个才是外婆的亲外孙。外婆也不生气,乐呵呵地说,要是你们也像他们那样会读书,成绩好,我也一视同仁。

外婆屋前有一棵大柚子树,绿荫如盖,遮住了半亩田。生产队好几次以耽搁庄稼生长为由要砍掉,但被外婆拼死护住了。那棵柚子树是外婆和外公一起栽种的。经历了几十年风雨,已经长成当地最大的一棵柚子树了。每年柚子树上都结满了密密麻麻的果实。柚子熟了,村庄里的孩子常常半夜爬起来偷柚子,但外婆就是不摘,每年非要等到中秋前后,我们过去了,才开始摘柚子。那时候,柚子已经被偷得只剩下高处的了。我们边摘柚子边吃，还要把柚子剥了皮，带回去很多。外婆将柚子皮晒干，等到放寒假了，做成柚皮糖，给我们吃。柚皮糖甜甜的，腻腻的，有韧劲，有嚼头，是我们小时候酷爱的零食。现在农村已经难得看到柚皮糖了，也很少有人会做了。

  外婆七十多岁的时候，还养过两头猪——那是我们家最困难的时候。哥、姐、我，三个人都在读高中，妹妹也在读初中，家里负担实在太重了，风雨飘摇，随时都有人有辍学的可能。外婆看在眼里，想帮我们，自己就喂了猪。那年天旱，庄稼没收成，我们家的猪发猪瘟死了，学费成了难题。开学前十多天，母亲就在走街串巷，东挪西借，都没能把学费凑齐，煤油灯下，一家人唉声叹气，一筹莫展。走投无路的时候，外婆来了，她拿出来三百多块钱，把我们缺的学费凑齐了——原来外婆把那两头猪卖了。那两头猪还没长成大猪，只有一百来斤。那时候的猪，要出售，一般都要长到两三百斤，外婆见我们实在拿不出钱来，就把它们卖了。那两头猪被卖的时候，正是最长膘的时候，也是卖得最不划算的时候。这件事一直烙在我记忆深处，让我欲哭无泪，记忆弥坚，三十多年过去了，还是这种感觉，还是这种感受，还是这种感情。

  我们常常被外婆感动，但又不知道对外婆说什么好。外婆乐呵呵地说：等你们有出息了，多孝敬一下外婆就行了。

可外婆并没有等到我们家境好转，就撒手人寰了。我大学毕业后前三五年，每年都要给家里还账，剩不了多少钱，只有过年过节的时候，给外婆三五百块钱。外婆很知足，她拿着钱，笑得很甜，那张没有牙齿的嘴都合不拢了。

可这种日子并没有过几年，外婆就生病了，我给外婆寄了两千块钱治病。但外婆并没有上医院，冥冥中，她觉得自己大限已到，上医院治疗是在做无用功，浪费钱。

去世前，躺在病床上的外婆逢人就说，她果真没看错人，我们家几个孩子对她很孝顺。说起来惭愧，那时候我也刚毕业，工资不高，有点儿就寄回去还账了。也许如果有钱，给外婆把病治好，说不定她还可以多活几年，过几年稍微幸福的日子。

很想为奶奶立块碑

"清明时节雨纷纷,路上行人欲断魂。"

又到祭奠和缅怀祖先的清明。本来计划趁机回趟家,给奶奶立块碑。奶奶去世已经十七八个年头了,坟头连一块碑都没有。那坟隐在山峦丘壑之间,已经与天地融为一体,除了我们自己,没人知道那儿有坟。可由于突如其来的疫情,这个计划又泡汤了。

我没见过爷爷,埋他的地方也不是乡梓地;更远一辈的祖先,更是一无所知。唯一惦记的就是奶奶了。我生下来就和奶奶在一起,是奶奶把我带大的;到我快三十岁时奶奶去世,她一共活了九十六岁。

奶奶去世前,我们兄弟姐妹或在读书,或刚毕业,家里一穷二白,日子穷得叮当响。奶奶跟着父母,饥一顿,饱一顿的，从来没有怨言。我大学毕业前几年，主要精力放在给家里还账上，为我们读书，家里欠了一屁股债。所幸母亲是一个孝顺和会过日子的家庭主妇，对奶奶格外照顾，尽可能给风烛残年的奶奶开个小灶，弄点好吃的。所以，奶奶去世前些年，相对于她漫长悲苦的人生，还算"小确幸"。

几个儿时绕在奶奶膝前的孙辈，长大后，就像蒲公英的种子，散落到五湖四海，清明难得凑在一起，只有仍然固守在故土的父亲和留在长沙的哥哥在这一天到奶奶坟上看看。其他人，要凑齐，得等到过年。我们乡下，过年也有给祖先上坟的传统。每年过年那天上午，大家拖儿携女，到奶奶坟上看看，拔拔茅草，烧烧纸钱，正儿八经地坐在坟前，陪她唠唠嗑，就当奶奶还活着，希望奶奶在另一个世界能够听到，咧开她那张没有牙齿的嘴，开心地笑。奶奶笑起来，皱纹挤在一起，全是疼爱。

奶奶的坟就在村口对面的小山坡上，离家很近，走过去，十分钟就到。很遗憾，那坟至今没有墓碑，只有一个微微隆起的土堆，随着时间推移，那土堆越来越与周边平齐，就像奶奶卑微的一生，毫不起眼；周围没有其他坟墓，只有奶奶孤零零地守在那儿，就像她孤零零的一生。

解放前夕，奶奶二十九岁那年，爷爷抛妻弃子，到衡阳闯荡，又另外娶妻生子，此后就再也没有回来过。小脚的奶奶一个人拉扯着三个女儿、一个儿子，惨淡度日，没人弄明白她是怎么熬过来的。

七十二岁那年,奶奶被一个卖冰棒的年轻人骑自行车撞了,伤了坐骨神经,从此瘫痪在床。全家看到那个年轻人也是穷苦人家,就没要什么赔偿,只给了七十多块钱医药费。到去世前,二十多年,奶奶一直困在床上,没有挪开过。为照顾奶奶,父母只得困守在几亩薄地上,早出晚归,赡养奶奶,抚养我们,从壮年熬到了老年。

2003年冬天,特别寒冷,奶奶没有挺过去。奶奶去世的时候,全家还没从贫困中摆脱出来,还欠着大笔债没有还清。奶奶不愿给家人留下新负担,留下话,一切从简。最后简到连一块墓碑都没有——这恐怕是奶奶没有想到的。尽管墓碑只是一块石头,山上有的是,但要石匠雕錾,还有各种仪式,价格也不便宜。奶奶去世那年,一块便宜的碑要一千多,现在都涨到一万了,还供不应求,因为石匠少了,会那流程的人也越来越少了。

后来家境慢慢好了,给奶奶立碑的想法也越来越强烈。数次清明前,父亲来电话唠叨,说要给奶奶立碑。父亲的意思,我明白,他没钱——他已经老了,挣不到钱了。我问父亲,要多少?父亲说问过价了,四千。第二天,我给父亲打了五千块钱。可没想到,四千是平时的价,到清明前,父亲准备立碑的时候,价格翻了番,涨到八千了,他又不好意思跟我讲,只好想着等价格降下来了再立,但没想到,立碑的价格涨上去后就没有再下来，父亲只得作罢。那年回家过年，到奶奶坟上一看，仍然没有看到碑，就问父亲，父亲只好把当时的情况告诉我。

去年清明，我要父亲问清立碑价格，再给他把钱打了过去，结果还是没立。因为县里重新规划公路，新公路要从奶奶坟头经过，那地可能要征用。所以，不得不又搁浅下来。现在新公路修好了，从奶奶坟前经过，但没有要迁坟。过年的时候，全家合计着今年清明给奶奶把碑立了，可又碰到了疫情，不得不再次放下。

这事儿弄得我们十分愧疚，总觉得欠了奶奶什么。母亲宽慰我们说：清明节，你们就不要回来了，立碑的事，明年再说吧，只要你们心里记得这件事，记得奶奶就行。

看来，也只有如此了。希望明年，我们能顺利回家，给奶奶立块碑。

不怕你笑话，我只知道奶奶姓雷，不知道她的具体名字——在我们乡下，晚辈问长辈的名字，尤其是祖辈的，是不孝不敬的表现。

给奶奶立了碑，我就可以把奶奶的姓名牢牢地记下来，不会再忘记了。

花儿是那样红
——恩师回忆之邹翠莲

女儿九岁多,上小学四年级。在她心目中,老师是这个世界上最漂亮、最有文化、最神圣不可侵犯的人。在家庭生活中,你有一点对她老师不满的地方,如对作业过多的抱怨,她都会跟你急。

其实,人都一样。在我还是一名小学生的时候,也是这样的一种纯洁认知。老师在我们心目中,远比父母更受尊重。由于时间久远,记忆在模糊,很多小学老师,我已经记不起姓名,想不起相貌,忆不起有什么感动的事儿了,但启蒙老师邹翠莲,发生在我和她之间的两三件事,却经过了岁月的筛子,留存了下来,叫人记忆深刻,历历如在眼前。

邹老师嫁给了我的邻居谭医生,也在我家后面不到十米的村小学教书。我只在她班里读了不到一个学期。

那时候，邹老师青春年少，风华正茂，是公认的美人。那种美，除了长相、身材，更重要的是性格和脾气。她和颜悦色，从不生气发火。高中毕业后，邹老师就当了老师，成了我的班主任。在当年，她这个学历，是全校的最高学历。记得那时候的农村，都是高中毕业了教初中，初中毕业了教小学，只要家里有过硬的关系，就先做代课老师，再做民办老师，然后想办法转正。

那时候，我们全家，也包括我自己，正处于一生中的至暗时刻。当时农村基层工作，唯计划生育至上。按照政策，我们家的计生工作，到我这儿就打住了。可父母偏偏生了妹妹，算是超生了。村里负责计生工作的那帮人，来到我家，将家里值钱的东西洗劫一空，包括为数不多的稻谷。父母为逃避惩罚，不得不抱着襁褓中的妹妹连夜出逃，加入"超生游击队"的行列。

父母到了邻省江西永新三湾，那儿地广人稀，男少女多，需要人干活；也由于上世纪那场大革命奠定的民意基础，那儿的人对湖南人特别友好。父母离家出走后，家里就只剩下七十多岁的奶奶，十一岁的姐姐，九岁的哥哥和六岁的我。老的老，小的小，吃了上顿没下顿，过得上气不接下气。

吃不饱，穿不暖，父母又不在身边的现实，让我备感孤独,成为班上感情最脆弱的孩子;也因为父母不在家乡了,也成为常被欺负的对象。饿了,想父母了,受到欺负了,我都把持不住,动不动张嘴就哭,哭起来就没完没了,越哭越伤心,常常弄得班上课都上不了,也影响了全校的上课秩序。

由于这,我被同学取了一个绰名"哭鸟",也是全班,乃至全校最不受欢迎的孩子,被学校领导、老师、同学嫌弃。唯一不嫌弃,对我好的就是邹老师了。无论是课间,还是课堂,只要听到我的哭声,她都第一时间跑过来,把我领走,带到她的宿舍,和颜悦色地哄我,拿给我两颗纸包糖。

那个年代,那个年纪的孩子,纸包糖是最有效的止哭利器,在得到纸包糖后,我就破涕为笑,兴高采烈地回到座位上,认真听课去了。

记得有一天,家里没米了,断炊了,中午回家吃饭,奶奶没借到米,没有做饭,我只有空着肚子回到学校。下午坐在教室里,肚子咕噜咕噜地叫,饿得太慌了,太难受了。正上着课,我突然爆发了,号啕大哭。这一哭就把课堂秩序彻底打乱了,课都上不下去。

那堂课不是邹老师的,是其他老师的。那位年轻老师很生气,把我拎出了教室,丢在空旷的场地上,并且威胁我,要我以后不要来上学了。这样一来,我哭得更加伤心,更加惊天动地了,哭声响彻了村庄上空。

邹老师闻讯赶过来，哄我，问我哭的原因。我一直只顾哭，没有告诉她。但邹老师一直和颜悦色地哄我。最后，哭累了，我忍不住了，说："饿，想妈妈！"

那一刻，邹老师也哭了。她搂着我，我们俩哭成一团。

那一刻，在我心中，邹老师就是妈妈。

哭着哭着，我就睡着了。醒来后，我发现自己睡在邹老师床上。靠床的书桌上，放着一碗白花花、香喷喷的米饭，米饭上面是两坨金黄金黄的油豆腐——若干年后，我才想明白，那碗饭是邹老师在教师食堂打的晚餐，那时候实行配给制，也就是说，那碗饭给我吃了后，邹老师当天是没吃晚饭的。

由于当时年纪很小，又过去快四十年了，发生的很多事情已经不记得了，但这件事，却烙在记忆里，印象深刻，经住了时间的侵蚀，历久弥坚，一辈子都无法忘记。

在邹老师班上，我并没有做太久的学生，不到一个学期。父母在江西永新落下脚，生活稍微好点后，就托亲戚帮忙，把姐姐、哥哥和我接了过去，一家人团聚了。

在江西颠沛流离地过了四年，躲过了风声之后，我们回到了家乡，我仍然在村上小学念书，但邹老师已经不教我了。远亲不如近邻，我们两家，从大人到小孩，从上辈到下辈，关系都非常融洽。

现在，邹老师也退休了。邹老师常把我当作她最有出息的学生,向人提起;在她退休之前,也把我作为她教书育人的榜样案例,用我的奋斗故事来激励家乡那批孩子奋发向上。

曾经以为,我与邹老师,就是好一点的师生关系,邻居关系。平时,我叫她婶婶,叫她爱人叔叔。但事情远比我"想当然"更加深刻。两年前,谭叔加了我微信,并拨了视频通话,我们聊得热火朝天。谭叔告诉我,他和邹老师都很关注我的情况,他们经常上网搜索我的名字,读我写的文章。

这些年,我的财经文章很多,文学作品很少。财经文章,对他们来说,枯燥乏味,味同嚼蜡。但只要是署有我名字的文章,他们看到了,都会耐着性子,认真读完。

听到这,我心里很温暖,眼睛很湿润。现在是网络时代,网上有很多文章,很适合他们的阅读口味,读起来有益有趣。我的那些财经文章,对邹老师和她爱人来说,确实味同嚼蜡,但他们依然能够耐着性子读下去,并引以为傲,这不得不让人莫名感动。

遗落在乡村的天才兄弟
——记童年伙伴曾团俫老师

从农村到城市,从学生到白领,从企业到媒体,从农民到作家,走南闯北数十年,所到之处,都被冠以"才子"或"一支笔"的称号。听多了,心里就飘飘然,真以为自己是东坡转世,弃疾投胎。

在粉丝看来,我天天写作发表爆款文章,很厉害,是一座难以逾越的高峰。他们曾经不止一次地问我:这一生,您服过谁?

我确实是服过别人的。我是别人的高峰,他是我的高峰,至今还是,在他面前,觉得自己是小巫见大巫。我现在的成就,只是运气好,坚持了。这个"他"是我的童年伙伴曾团俫。他在家乡做老师,鉴于他的职业和心中对他的那份尊重，在这篇文章中，我也叫他曾老师。

此外，再找一个让我佩服的人，就难了。几十年来，接触过不少人，也许他们的起点比我高，天资比我强，但在勤奋和坚持上都不如我，也就被我甩在身后了，我成了那个笑到最后的人。

曾老师大我一岁，我们同村，他家就在我家对面，中间隔着一条马路；我们是小学同班同学。小学五年，他一直是班上第一，从来不会第二，哪怕有留级生和插班生过来，都无法撼动他的地位。那时候兴留级，考试没及格，都要重新来过。插班生往往是老师的孩子，随父母工作调动，跟随过来。老师的孩子，近水楼台先得月，学习成绩一般都出类拔萃，小学表现尤甚。我的成绩虽然稳定，一直处于班上前三，但怎么努力，都没有超过曾老师。小时候的曾老师很贪玩，不像我那样听话，他爱看小人书，爱读大部头小说，如果你以为这样分散了精力，会影响成绩，那就大错特错了。一上考场，曾老师就大放异彩了。我一直把他当作榜样和目标，一心想超越他，在他睡着的时候，我还在看书；在他玩的时候，我还在看书，但小学五年我从来没有真正超越他。

曾老师是全才，语文、数学、美术、音乐、体育（那时候小学没有英语），没有哪门功课不是数一数二的。语文课，老师喜欢拿他的作文当范文念；美术课，老师喜欢展示他的画，还经常叫他出黑板报——他的字也写得漂亮；音乐课，老师叫他带队领唱；体育课，他打球、跑步、投标枪，都遥遥领先。有时候，老师临时有事，上不了课了，也不叫其他老师代课，而是安排曾老师代——他一个孩子，就可以教同班其他孩子了。曾老师的成绩拔尖到什么程度，有一次考试很能说明问题。记得四年级下学期，全镇统考，题目出得很难，我是班上第二名，语文勉强及格，数学五十多分，没及格；其他人，一般都在三四十分。曾老师是一骑绝尘，语文八十多分，数学九十多分——当年只考语文、数学，全镇上千四年级学生，没有第二个他这样优秀的，题目越难，他的优势越凸显。这就是天赋吧。

上初中后，这种情况依旧。不知道什么原因，当年我们都没考上镇重点中学，上的是所普通中学。在那所中学，我和他成绩都好，成了年级的双子星座。他靠天赋，我靠勤奋。他还是没有缺点，包括新功课的英语。我则是优劣渐渐显露了出来，文科强，理科弱。他学起来很轻松，我从书本上抬起头，透过玻璃窗，就能看到在球场上挥汗如雨的他。我情不自禁地感叹：如果他像我一样用功，那就天下无敌了，将来考清华北大都没问题。

初三中考前的那次全县模拟考试，他全镇第一，我全镇第三，轰动一时——这在我们那所普通中学是从来没有过的，平时前十名都被镇重点中学垄断了。凭着这一考，我们顺利通过了县中专选拔考试。当年农村孩子时兴"跳农门"，我们都选择了考中专，希望吃上皇粮国饷。那时候考中专有特长生加分，分别为音乐、美术、体育。到县里参加音乐、美术、体育加分测试，曾老师三科都达到了加分标准，我则颗粒无收。

命运转折就出现在那个时候。我们以全校应届生第一第二名的成绩考上了中专。他坚持上了，按部就班，三年后以优异成绩毕业，回到镇上，做了一名中学老师。我上了一个多月后，放弃了，再回来复读了半年，考了高中，后来上了大学。如果当年曾老师没有考中专，而是读高中，考大学，即使不是清华北大，也一定是"985""211"之类的大学，要比我有出息。当年农村有很多成绩拔尖的孩子，都在中考时选择了"跳农门"，考中专，算是大材小用了。

我在读高中时，曾老师就参加工作，拿工资了。父母很羡慕，老爱在饭桌上对我说，当年坚持读中专就好了，也像曾老师那样挣钱了。寒暑假了，我也到曾老师教书的学校玩。他知道我家穷，见面了就资助我一点儿零花钱。我大学毕业，参加工作后，喜欢有事没事往家跑，每年过年是必须要回的，除了看望父母外，与曾老师一起见见面，叙叙旧，就是我回家最大的动力了。

曾老师很少要求我做什么。每次回家，家乡领导都要聚聚，见见，我想把他带上，他能推则推，鲜有"沾光"的想法。两年前，曾老师评高级职称，找我帮他发论文，这是他唯一一次要我帮忙。他以为我做媒体，这点算是举手之劳了。他一再嘱咐我，不要刻意，能发就发。其实，媒体也是隔行如隔山，我一直在做财经新闻和评论，那时候还没重返文坛的想法，找了两三个月，都没找到突破口。后来好不容易找到了，告诉他，他却告诉我，他已经把文章发出来了。他唯一要我办过的一件事，我却没有帮上忙。

与曾老师在一起的时候，我们除了聊童年、少年，就是聊他培养的学生。我问过他，一生培养出来的最优秀的学生上哪所大学了？他说是清华大学。那个孩子也是一个传奇人物，被媒体普遍报道过，先考在清华大学核物理专业，读了一年后，觉得选错专业了，想转专业，没成功，于是从清华大学辍学回来，又参加了一次高考，还是考回了清华大学，这次专业算是如愿以偿，录在清华大学物理专业。曾老师给我描述那个学生的时候，我觉得那个孩子跟他小时候十分相似，门门功课都是那样拔尖和优秀。

现在的曾老师只知教书育人，与世无争。他在我们那个镇最偏僻的中学，一待就是十多年。最近几年，才调到镇一中，也就是我们当年母校所在地。几经变迁，母校已经成为镇上唯一的重点中学了，曾老师也当上了校长。每次回家，我们都要聚聚，一转眼，都是人到中年了。

在很多人眼里，我是牛人，是一座事业的丰碑；在他面前，我始终矮三分，骨子里对他充满敬意。如果他能跟我一样，稍微不安分点，那肯定也是牛人，学理科，该冲刺院士了；学文科，也是名家了。

在农村那块广阔的天地，有很多能人，有的出来了，有的埋没了。值得庆幸的是，曾老师还是脱颖而出，做了校长。他做校长，是我们全镇孩子的福气，他是一个有才华、有能力、脾气温和、脑襟宽广、只知奉献的人民教师，他工作很用心，对生活和现状很知足，就像是一个世外高人。也许，这个世界是多元的，既需要我这样务虚的所谓"名家"，也需要曾老师那样脚踏实地，撸起袖子加油干的人；只是社会和时代不公平，给务虚者荣誉、鲜花和掌声，却把实干者忽略了。

那位英才早逝的兄弟

小学四年级下学期,班上转来一位同姓兄弟。来到新环境,这位兄弟把父母给他取的土气的名字抛弃了,改叫曾英才——我以前也不叫曾高飞,叫曾高,"飞"是在读初三的时候自己加的——觉得改的名字更能激励自己前行。英才兄弟希望有朝一日像新名字一样,熠熠生辉,前程远大,成为国家的栋梁。

英才兄弟敏于事,讷于言。他沉默寡言,做事积极勤快。他家在全班是离学校最远的,我们站在校门口迎风飘扬的旗帜下向对面望过去,穿过辽阔的原野,远远的山脚下,有一户人家,那就是他的家——这个中间,没有直线距离的路,中间隔着一条河和一望无际的稻田,要绕道走。

英才兄弟是每天早上第一个到学校,每天下午最后一个离开的。他一到教室,就把黑板擦得干干净净,闪闪发亮——放学后,仍然有很多附近的孩子用粉笔头在黑板上写写画画,留下各种笔迹;他走在最后,是因为他老帮值日生一起打扫卫生,做完了才走。做多了,大家就习以为常了,值日生往往做到一半就溜了,让英才兄弟一个人干。英才兄弟没有怨言,兢兢业业,把地扫干净,把垃圾倒干净,把桌椅摆放整齐,做彻底了才走。后来,才知道,英才兄弟每天到学校之前,已经把家里的饭菜做好了,把猪喂好了——他基本上是早上四点钟起床;晚上回去,他还要帮助家里做饭做菜——爷爷奶奶和父亲身体都不好,母亲又有精神病。

因为勤快和谦虚,英才兄弟很快就融进了新环境,与师生们打成了一片,一点儿陌生感也没有,他成为班上最受欢迎的人。

但英才兄弟十分自律,甚至古板,从不参与我们的打闹嬉戏。大家觉得他唯一的缺点,就是无趣。他是班上坐姿最端正的一个,课堂上,他双手背在后面,笔直地坐在座位上,聚精会神,目不斜视。英才兄弟的字很工整,遒劲有力,就像书上的印刷体,记忆中,好像英才兄弟只写正楷,一笔一画,顶天立地。所以,英才兄弟的作业常被展示——这让我有点羡慕嫉妒,本来有些表扬要落到我头上来的,结果他来了,转到他身上去了。那个时候,那个年纪,我们很在意老师的表扬,因为农村父母是没有表扬孩子的习惯,只知道打和骂；要得到表扬，只有努力从老师那儿争取。后来，期中和期末考试，成绩出来，都是我和英才兄弟争第二名，彼此追得很紧，这让我在每次考试后有了"既生瑜，何生亮"的感觉。

不快归不快，这感觉在心里一闪即逝。因为英才兄弟愿意抛弃一切陈见，主动走到你身边，向你请教，也参与一些文雅的游戏，慢慢地，我和他成了好朋友——尽管在学习上大家憋着劲，你追我赶。有竞争总是好的，可以让人知不足，追求进步。

英才兄弟的勤奋和自律，让他在小学升初中的考试中脱颖而出，成为我们班上四十多个人中唯一考上镇重点中学的孩子，其他的，无论平时有多牛，都考在普通中学。上初中后，尽管英才兄弟所在的重点中学和普通中学有一段距离，但这并不影响我们往来。每隔几个周末，英才兄弟都要来我家，给我带来镇重点中学最新的考试试卷——他名义上是请教，实际上是教我做，与我共享。英才兄弟来我家多，但他从来不邀请我到他家玩，哪怕同学互相走动很频繁的寒暑假。现在才明白其中道理：他家特别穷，比我家还穷，他怕照顾不好同学，更怕有精神病的母亲吓着了我们。

初中三年，英才兄弟十分用功，听说是镇重点中学最勤奋的。那时候，镇中学住读，英才兄弟是第一个起床到教室读书，最后一个上床睡觉的。教室的窗户是他关的，门是他锁和开的。每天熄灯后,他还在自制的煤油灯下潜心苦读。天道酬勤,英才兄弟的成绩,在那所重点中学也是一流的。初中三年很短,在不知不觉中,我们迎来了中考。我考了中专,英才兄弟考上了我们县最好的中学——祁东二中。尽管当年高考升学率不高,但祁东二中,还是很厉害,考上大学的,几乎占了我们县一半以上。进了祁东二中,就意味着一只脚跨进了大学门槛,即使第一次高考不行,补习一年,保准没问题——当年,高考补习很正常。

拿到祁东二中录取通知书那天,刚过十五岁生日的英才兄弟甭提有多高兴了,这意味着改变命运,奔赴美好前程的机会已经来了。那天午饭过后,英才兄弟越想越兴奋,一个人来到屋后的小水库游泳。听说下水前,英才兄弟高声地吟诵了毛主席的"到中流击水,浪遏飞舟",然后跃进了水里。平时每天,英才兄弟都要游一个来回。但那天,他实在太兴奋了,情不自禁地多游了一个来回。结果在离岸不远的地方,他体力不支,沉了下去。等他被打捞上来,已经是四五个钟头过后的晚上了。

消息传来,已经是第二天了。我当时就怔住了,不敢相信这是真的。我准备过去看看,父母不同意,认为不吉利——我没见上英才兄弟最后一面,也没有送他最后一程,这是我一生的遗憾。英才兄弟被父母用草席裹了,埋在屋后的山坡上,坟正对着那水库。

后来，村里陆续有小道消息传出，英才兄弟溺水那天，岸上站着一个放鸭的男人，那男人没有救他。那男人跟英才兄弟的父母关系不好，经常为一点鸡毛蒜皮的事，动不动就吵架。甚至还有人说，放鸭的男人不仅没救，而且落井下石，曾经向载沉载浮的英才兄弟伸出了那根赶鸭的竹竿，英才兄弟快抓住竹竿时他又缩了回来。放鸭男人坐在岸上，点了一支烟，眼睁睁地看着英才兄弟绝望地沉了下去。过了很久，放鸭男人才跑回村里报信。后来还听说，那男人是英才兄弟的堂伯。

英才兄弟是我所有同学中，第一个失去生命，告别这个世界的。他死的那一年，正好十五岁，人生才刚刚开始。那个暑假，真是煎熬，一方面沉浸在自己跳出农门的喜悦中，一方面沉浸在失去兄弟的悲痛中。

转眼就是三十多年过去了，如果英才兄弟还在，和我一样，也是四十多岁的壮年了，赡养父母，抚育妻儿，是一家的顶梁柱，与许多这个年纪的人一样，一边追逐梦想，一边为民族复兴加油鼓劲。记得英才兄弟曾经不止一次地憧憬过，他将来要从政，做一个好官，造福一方百姓。从英才兄弟小时候的自律和助人来看，我相信，他从政，一定是一个为人民服务的好官。但他还在茁壮成长的时候，生命就戛然而止，永远地停在了十五岁。现在，英才兄弟的尸骨早就跟故乡的山川河流、花草树木融为一体了。

三十多年来，也经历了一些亲朋好友的生离死别。这些生离死别，大部分是上了年纪，瓜熟蒂落，算是品尝了人生，属自然死亡。即使偶有非自然死亡，也都在四五十岁以后，有了自己的妻儿子女，而不像英才兄弟那样年纪轻轻，爱情和家庭都没有拥有过。

英才兄弟的死，让人揪心，让人始终无法释怀，毕竟太年轻了。估计现在英才兄弟的很多亲人朋友都把他忘了，但在千里之外的北京，我还经常想起他，也在深夜偶尔梦见青春年少、意气风发的他。

人这一辈子就这样，有些人，有些事，是永远不会忘记的。忘记了，就是对自己和岁月的背叛；而那些与你有关系的人，就代表了你的过去；这些人的品质，暗示了那段岁月的质量，甚至深刻地影响到你以后的人生。

图书在版编目（CIP）数据

似水流年，家乡味道 / 曾高飞著 . -- 北京：作家出版社，2023.11

ISBN 978-7-5212-2501-3

Ⅰ.①似… Ⅱ.①曾… Ⅲ.①散文集—中国—当代 Ⅳ.① I267

中国国家版本馆 CIP 数据核字（2023）第 175182 号

似水流年，家乡味道

作　　者：	曾高飞
责任编辑：	丁文梅
装帧设计：	丁奔亮
出版发行：	作家出版社有限公司
社　　址：	北京农展馆南里 10 号　　邮　编：100125
电话传真：	86-10-65067186（发行中心及邮购部）
	86-10-65004079（总编室）

E-mail:zuojia @ zuojia.net.cn

http://www.zuojiachubanshe.com

印　　刷：	唐山嘉德印刷有限公司
成品尺寸：	145×210
字　　数：	170 千
印　　张：	9.375
版　　次：	2023 年 11 月第 1 版
印　　次：	2023 年 11 月第 1 次印刷

ISBN 978-7-5212-2501-3

定　　价：52.00 元

作家版图书，版权所有，侵权必究。

作家版图书，印装错误可随时退换。